동심언어사전

동심언어사전

이정록 지음

문학동네

시로 쓰는 동심언어사전

'만해문예학교' 첫 시간이다.

"이 나이에 어찌 동시를 써요?"

연세 지긋하신 분이 손을 들었다.

나는 칠판에 '콧방귀'와 '황소걸음'이라고 썼다.

"보세요. 황소와 걸음이 만났죠? 그리고 코와 방귀가 만났죠? 어떻게 만났나요?"

"개구쟁이의 눈이 있네요."

"맞아요. 우린 이미 동심을 살고 있어요. 서툴게나마 찾아내고 살려내자는 거지요."

'콧방귀'와 '황소걸음'이 떠오른 순간, 내 날개뼈 사이에서 열꽃이 터지는 게 느껴졌다.

그렇게, 섬광처럼 '동심언어'가 나에게로 왔다.

동심이 없으면 언어는 빛나지 않는다. 낱말과 낱말이 만날 때 둘은 어린아이처럼 껴안는다. 언어는 동심의 놀이터다. 태초에 동심이 있었다.

말은 저절로 생겨나지만, 낱말과 낱말이 만나 '겹낱말'이 될 때에는 의미 전달이라는 실용성뿐만 아니라 새로운 꽃봉오리가 펼쳐진다. 두 언어가 '범벅말'이 되는 과정에 재미가 끼어들고, 마음의 기원이 깃든다. 키득거림과 박수소리와 어깨동무와 얼싸안음이 생동한다.

『동심언어사전』은 시의 형식을 빌렸다. 재미와 감동이 아니면 꺼져버리는 '만남언어'와 숨바꼭질했다. '시'와 '사전'의 형식을 담아 316편을 묶었다. 305편으로 엮인 『시경詩經』을 흉내냈으나, 삼가 부끄러워 몇 편 더 얹었다. 시답잖은 개구쟁이도 있고 으쓱거리는 말괄량이도 있다.

북한말을 포함해서 순우리말로 된 복합어가 주를 이룬다. 복합어는 우리말로 '겹낱말'이나 '범벅말'이라고 한다. '만남언어'나 '팔짱언어'라고 불러도 좋겠다. 내 시쓰기는 얕고 보잘것없으나, 팔짱언어에 서려 있는 오랜 사람들의 입김을 믿었다. 언어에는 인간 본성의 따듯함과 사랑이 녹아 있다. 약손이 되고 꽃향기가 퍼진다.

손가락을 짚어보니, 이 사전이 열번째 시집이다. 시집 다섯 권을 한 권으로 엮은 셈이 되었다. 놀랍고도 기쁜 작업이었다.

2018년 초봄

이정록

차례

ㄱ

가갸날

한글날의
처음 이름이지요.
한글을 '가갸거겨' 하면서 배우니까
가갸날이라고 했어요.
한글 생일날이지요.
오리는 꽥꽥날이 있겠지요.
강아지는 멍멍날이 있겠지요.
날 때부터 말하는 것을 보면
호랑이 뱃속에도 학교가 있겠지요.
야옹야옹 짹짹, 즐겁게 익혀요.
우리의 으뜸 자랑거리,
한글이잖아요.

가난살이

과실나무는
해거리를 한다.
한 해는 많이 맺었다가
한 해는 적게 맺는다.
가난살이로 힘을 얻는다.
해거리가 어려우면
하루라도 가난살이를 하자.
한 끼니라도 걸러보자.
삽과 가방과 운전대를
이틀만이라도 내려놓자.
추위를 겪어야 꽃이 피는
엉겅퀴, 냉이, 꽃다지처럼
소나무, 동백나무, 산수유처럼
가난살이를 즐기자.
꽃눈에 힘 모으고.

가는귀

아무거나 먹지 마라.
그러다가 인생 물먹는다.
남이 먹다 버린 찌꺼기만 먹는다.
앙심, 욕지거리, 지청구, 겁 먹지 말고
좀, 비루, 아편, 주먹, 돈, 똥, 뇌물 먹지 말고
핀잔, 꾸지람, 연탄가스, 엿 먹지 말고
백삼십 살 넘으면 나이도 먹지 마라.
먹고 또 먹어도 되는 건, 마음뿐이다.
바른 소리에 가는귀 먹지 말고
단단히 야무지게 마음 먹어라.

가로쓰기

땅바닥에 애호박 하나씩 놓고 가는
호박넝쿨의 가로쓰기가 좋다.
바다를 건너는 배의 하얀 물띠가 좋다.
대륙을 잇는 철길의 가로쓰기가 좋다.
네게서 건너오는 따스한 눈길이 좋다.
풀밭을 찾아가는 누떼의 삐뚤빼뚤한 밑줄이 좋다.
강까지 달려온 얼룩말들의 천릿길 흙먼지가 좋다.
강남에서 날아온 지친 제비를 앉히려고
겨우내 흐헝흐헝 울던 전깃줄의 가로쓰기가 좋다.
네가 고개를 끄덕일 때보다는
가로저을 때, 더 어여쁘다.

가방끈

햇살로 가방끈을 엮자.
별빛으로 가방끈을 꼬자.
손바닥에 침은 뱉지 말고
꽃향기와 나비를 추억하게 하자.
어미 새가 가방을 품게 하자.
칡덩굴처럼 길게 꼬지 말고
가방끈 짧다고 비웃지 말자.
가방끈 늘이다가 가방을 잃지 말자.
가슴 가까이 따듯한 방을 만들자.
여럿이 먹을 도시락보자기를 가방에 넣자.
반찬국물이 글자들과 까르르 햇살 목욕할 때
가방끈도 꽃밭에 엎드려 외마디 뼈를 지지는
봄, 아지랑이로 가방끈을 엮자.
종달새 소리로 가방끈을 엮자.
가방끈 속으로 물고기떼 헤엄치게
은빛 강으로 가방끈을 만들자.
가방 크다고 공부 잘하나?
가방이 크면 도시락을 많이 담지.
모락모락 김이 나는 가방끈을 엮자.
쌍무지개처럼 둥근 쥘손을 만들자.
낙타처럼 소풍 가방을 메자.

가새주리

한껏 두 팔 벌려
손깍지 끼고 껴안는 한아름에서
동그라미란 말이 생겼다.

동그라미표에는
반가운 웃음과 마음 마중이 있다.

가위표 속에는
주리를 틀던 주릿대가 가위꼴로 박혀 있다.
가새주리의 윽박지름과
가위눌림의 앓는 소리가 있다.

가새표를 치거나
동그라미표를 해야 할 때에는
가슴 저림이란 잣대가 있어야 한다.
품이 따뜻해져오는가?
누군가의 신음이 들려오지 않는가?

가시나무에
가새표가 빼곡한 것은
둥지를 품고 있기 때문이다.
아기 새의 샛노란 부리 때문이다.

가슴놀이

엄마 뱃속부터 무덤까지
잘 놀아야 지구가 돌지.
멋대로 나가 놀아라.
놀이방에서 상여놀음까지가
사람의 한평생이야.
놀이에서 놀음으로 끝맺지.
노는 꼴은 당최 못 보겠다거나
노는 게 귀찮아지면
단단히 병든 거란다.
산 사람만이 관자놀이가 뛰지.
사랑놀이가 가슴놀이를 뛰게 하지.
신은 우리 몸에서 먹고산단다.
춤과 노래와 장단이 신명을 깨우지.
놀이가 신도 살리는 거지.
신나게, 다 다르게 놀아라.
목젖이 햇볕을 쬘 수 있게 웃어라.

가슴우리

가슴을 둘러싸고 있는 뼈대이다.
가슴우리는 허파와 심장을 지키는
복장뼈와 등뼈와 갈비뼈와 갈비연골을 말한다.
가슴에는 평생 길들여지지 않는
마음이 산다. 마음이 뛰쳐나갈까봐
짐승처럼 우리에 가둔 게 아니다.
내가 아니라 늘 우리를 생각하는
따뜻한 가슴 둥우리라는 말이다.

가시방석

성게네 집에
가시복어가 놀러왔습니다.
아기 성게가 바늘방석을 내왔습니다.

고슴도치 마을로
가시 촘촘한 호저 가족이 놀러왔습니다.
고슴도치 마을 이장님이
가시방석 일곱 개를
선인장 가시 위에 깔았습니다.

바늘두더지 학교에
천 다발 불화살을 맞은 채
산미치광이 우두머리가 달려왔습니다.
바늘두더지 학교 교장선생님이
아끼고 아끼던 송곳방석을 내주었습니다.

벌써 가시려고요?
방석이 맘에 들지 않는군요?
더 뾰족한 걸로 내올까요?

가시손

쓰다듬어본 적 없는 마른손이에요.
채찍을 휘두르는 싸움손이에요.

땀에 젖은 일손이 아니에요.
내지르고 떨쳐내는 몽당손이에요.

빛을 가리키는 바른손이 아니에요.
마구 손가락질하는 검은손이에요.

끓는 이마를 짚어주는 약손이 아니에요.
몰래 뒤통수를 치는 주먹손이에요.

반갑게 악수하는 가을손이 아니에요.
이미 손목을 잃은 고무손이에요.

손차양 하고 사랑을 마중하는 보배손이 아니에요.
가시눈에서 생가시를 뽑아 화살을 쏘는
피 묻은 깍짓손이에요.

가시울타리

처음에는
토끼와 닭과 양을 가두려고
낮은 울타리를 쳤다.
삵과 여우와 늑대가 넘보지 못하도록
조금 높게 돌담을 둘렀다.
그러다가 콘크리트 담장에 가시철망을 두르고
사람이 갇혔다. 일가족이 토끼와 오리가 되었다.
담장 밖 사람들이 흘끔흘끔 곰과 표범으로 변했다.
담장 안에서도 간혹 늑대가 나타나
토끼몰이를 시작했다. 그때마다
반지하방에 숨어 있던 토끼와 병아리들이 숨을 죽였다.

가위바위보

보자기를 찢어버릴 수 있는 게
가위라고?

주먹을 옴짝달싹 못하게 묶을 수 있는 게
보자기라고?

가위를 깨뜨려버릴 수 있는 게
바위주먹이라고?

지는 게 이기는 거야.

보자기 같은 연못에
가위처럼 발을 벌리고 개구리가 뛰어들지?
연못이 져주는 거야.

옷감을 고르고
가위를 꼭 그러쥐면 주먹이 되지?
옷을 만드는 착한 손한테 가위가 져주는 거야.

일 안 하고 주먹질만 하면
보자기가 포옥 감싸 안는단다.
그러면 주먹은 아기 곰처럼
쌔근쌔근 겨울잠을 잔단다.

가위표

가위, 바위, 보는
서로 자기가 힘이 세다고 우겼습니다.
말싸움하다가 날이 저물었습니다.
다음날에 한마디씩만 더 하기로 했습니다.
바위와 보는 밤새 사전을 뒤적였습니다.
날이 밝았습니다. 보가 먼저 외쳤습니다.
"보자보자 하니, 보자기로 보는 거야."
다음은 주먹이 말했습니다.
"주먹맛 좀 볼래? 한주먹감도 안 되는 것들이!"
마지막으로 가위가 울먹이며 말했습니다.
"니들 걱정에 밤새 가위눌리는 꿈만 꿨어."
가위는 가슴을 열어 가위표를 보여줬습니다.
보는 부끄러워 가방으로 들어갔습니다.
바위는 할말을 아예 잊었습니다.
가위바위보, 가위는 셋 중에서
맨 앞자리에 불리게 되었습니다.
사랑이 아니라면 침묵입니다.

가을귀

가을이 되면
귀가 밝아져요.
낙엽은 잘 마르면서
귓바퀴처럼 동그래져요.
메뚜기 튀어오르는 소리에
덩달아 콩꼬투리가 터져요.
새우 수염 한마디 자랄 때마다
파도가 물방울을 높이 던져올려요.
아람 밤송이 떨어질 때마다
다람쥐는 두 발로 오뚝 서지요.
두 손을 꼭 쥐고
귀를 마이산처럼 세워요.
기러기 날개 치는 소리에
하늘이 멀리 달아나요.

가을마당

가을걷이하거나
곡식을 말리는 마당을
가을마당이라고 하지.
타작마당 넓은 집이 부잣집이란다.
게다가 일하는 사람들이며 짐승들까지
웃음꽃이 활짝 피어나야 진짜 부잣집이란다.
가난한 집까지 살피는
너그러운 마당이라면 좋겠지.
햇살 따사로운 놀이마당을 품어야겠지.

감칠맛

하나 남은 홍시
공짜! 공짜! 노래 부르며
까치 가족이 까치밥을 쪼아요.
감쪽같이 사라져요.
감칠맛이에요.

늦가을 가족 소풍
즐겁게 배드민턴 치고
둘러앉아 김밥을 먹어요.
시금치 당근 단무지 계란말이
감싼 맛이에요.

홍시는 공짜!
김밥은 이천원!
값싼 맛이에요.
햇살동무 어깨동무
감싼 맛, 감칠맛이에요.

개구리밥

물위를 떠다니는
떠돌이 여행가다.
줄기를 잎으로 바꿀 때
공기방을 부풀려놓았다.
바람에 중심을 잡을 수 있도록
뿌리를 늘이고 뿌리모자라는 닻을 두었다.
거센 빗줄기에도 뒤집히지 않도록
가는 털로 빗방울떨이도 만들었다.
개구리는 개구리밥 밑이나
개구리밥 위에 사는 벌레를 잡아먹는다.
개구리밥은 개구리의 밥이 아니라 개구리의 밥그릇이다.
다랑이 논이나 옹달샘으로 올라가고 싶으면
개구리 이마나 등에 올라탄다.
겨울에는 얼어죽지 않으려고
겨울나기 싹을 틔우고 물속으로 가라앉는다.
나는 어디에 뿌리를 두고 닻을 내릴까.
떠돌이 풀을 손바닥에 올려놓는다.
초록 모자를 눌러쓴 여행자를
내 젖은 손금 위에 앉힌다.

개구리헤엄

등산하고 싶어서
물속에 비친 산에 올랐다.
물갈퀴로 물길을 쓸며 갔다.
여행 지도는 등에 붙이고 갔다.
가을하늘을 날고 싶어서
물낯 반짝이는 구름에 앉았다.
연못을 들여다보는 미루나무,
노란 이파리와 손뼉 치며 노래 불렀다.
졸업여행이라서 아쉬웠다.
겨울 체험학습으로 땅굴 탐사를 떠난다.
잠만 자다 나오기 때문에
꿈길여행이라고 부른다.
짝사랑에 빠지면 한숨도 못 잔다.
나도 눈이 퉁퉁 부을 거다.
땅속에서 개구리헤엄으로
겨우내 뒤척일 거다.

개똥장마

개똥도 약에 쓰려면 없다지만
개똥으로 무슨 약을 만들겠니?
탕약을 끓이겠니? 알약을 빚겠니?
그렇다고 쓸모가 없던 건 아니었단다.
개똥은 작지만 귀한 거름이었지.
개똥 하나도 보약처럼 소중했단다.
집에서 키우는 개 돼지 소 고양이 염소
오리 닭들은 똥을 한곳에 누는 버릇이 있지.
제 똥이 약으로 쓰인다는 걸 아는 거지.
개똥밭에 굴러도 이승이 낫다는 건
개똥 거름으로 살자는 얘기지.
아프고 파이고 모자란 곳에
약처럼 스미자는 말이지.
오뉴월 작물이 잘 자라려면
개똥장마가 와야 하듯.

개미굴

아기 개미 몇 마리
빵 속으로 들어간다.

괜찮아.
처음부터 우리 밥이었어.
개미굴이 뽕뽕 뚫려 있잖아.

집집마다 빵빵빵빵
골목골목 개미분식.

빵빵한 개미들
자동차놀이도 즐겁다.

개미허리

개미허리가
아무리 잘록한 잔허리라도
맛있는 건 다 지나간다.

누나 허리가
아무리 개미허리여도
변비 때문에 똥이 한 자루다.

개밥바라기

바라기는 작은 그릇,
가장 빛나는 저녁별 이름이
찌그러진 개밥그릇이라니.
개밥바라기는 개밥을 꼭 챙겨주는
따뜻한 마음에 손뼉 치는 별이지.
개밥그릇이 밤새 동쪽으로 걸어가면
아침을 깨우는 샛별이 되지.
개밥바라기의 마음으로 살아라.
샛별의 부지런함으로 빛나라.
낮에도 보일락 말락 굽어보지.

거름종이

앙금을 걸러내려면
수많은 구멍을 뚫어야지.
눈에 띄지 않는 쪼그만 창을

책 속 글자들은
눈으로 여닫는 창이지.
지키는 이도 없고
빗장도 없는 문이지.

책은 거름종이 한 묶음
세상에 거름이 되어라.
새 거름종이를 받으러 가는
개학 첫날, 어여쁜 걸음걸음들

마음 뽀득거리는 재잘걸음들

거지발싸개

드라마나 영화에 꼭 있죠.
눈치부터 배운 천덕꾸러기.
눈치코치부터 몸에 익힌
거지발싸개 같은 노예의 삶.
척 하면 착 하니, 살았지요.
척 하면 착 해야지! 칭찬받았지요.
착하기만 하니, 형 누나 같고 삼촌 이모 같고
엄마 아빠 같고 할머니 할아버지 같고
예수님 오른쪽 뺨 같고
부처님 가운데 토막 같았어요.
척하며 살다보니 착해빠지기만 해서
죽는 날에도 남이 죽은 것만 같았지요.
안 아픈 척, 행복한 척, 죽었기에
그를 부려먹던 피붙이와 이웃과
지하여장군과 천하대장군이 소리쳤어요.
죽은 척하지 마. 진짜 죽는 수가 있다!
그는 마지막으로 척 하니 눈을 떴어요.
벌써 자막이 오르고 있어요.

거지주머니

거저 얻어먹고 사는
동냥치의 더러운 주머니가 아니에요.
여물지 못한 열매가 빈 주머니가 된 거예요.
높은 자리에 꽃을 피웠다고 좋아한 적 없어요.
햇살 차곡차곡 담은 곡식 주머니가 되고 싶었어요.
씨알 좋은 열매를 선물하고 싶었어요.
늦가을 햇살이나 얻어먹는 비렁뱅이가 아니에요.
무언가 빌어가려고 서리와 눈보라를 맞으며
부르르 주머니 메고 떨고 있는 게 아니에요.
꽃을 늦게 피운 것이 제 잘못인가요.
주머니 그득한 한숨에 불을 붙여주세요.
차가운 세상에 불쏘시개가 될 거예요.
저는 이를 꽉 다문 꼬마 장작이에요.

걱정꾸러기

밤새 개구리들이
한 얘기 또 하고,
처음 하는 얘기라며 또 한다.

학생은 올챙이들 몇뿐인데
다리만 나오면 다 교장선생님이 돼서
올챙이들 걱정에 밤을 새운다.

올챙이가 어찌
개구리의 큰 뜻을 알리?
군복으로 갈아입고
시끄럽게 걱정하는 교장선생님들.

걸음걸음

어떻게 걸어야만
사람다운 바른걸음일까
느릿느릿 거북이걸음
어기적어기적 거위걸음
제자리걸음 아니야 골뱅이걸음 달팽이걸음
겅중겅중 황새걸음 두루미걸음 노루걸음
뒤뚱뒤뚱 오리걸음 지게걸음 씨암탉걸음
뒤꿈치 들고 종종 뛰는 까치걸음
깡충깡충 토끼걸음 원숭이걸음 용수철걸음
눈치보며 옆으로 걷는 게걸음
내 잘못 아니에요 뒷걸음치는 가재걸음
겁먹은 채 살금살금 나 살려라 쥐걸음
어떤 걸음걸이로 살아가야 할까
내 걸음걸이 볼 수는 없지만
저승걸음 때까지 갈지자걸음이 아니길
황천걸음 때까지 허튼걸음이 아니길
비틀비틀 허깨비걸음이 아니길

걸음나비

물수제비를 뜨는
작고 납작한 돌멩이
그의 꿈은 징검돌이 되는 것
건넛마을로 가는 징검다리가 되는 것
지금은 오로지 사람의 보폭을 배우는 중
종종종 어린아이의 걸음나비를 익히는 중

게거품

게거품은 말풍선이다.
끝없이 솟구치는 말,
"바다로 돌아갈 거야."

물거품은 울음주머니다.
어쩔 수 없이 치미는 눈물,
"접시에 오르기 싫어."

겨울나기

지금은 한겨울,
겨울잠 자는 다람쥐들은
일 분에 다섯 번만 숨을 쉴 거다.
나는 다람쥐를 사랑한다.
나도 숨을 꾹 참아본다.
얼음판 걷듯 사뿐사뿐 걷는다.
땅속에 다람쥐가 자고 있으니까.
가을에 돌아가신 할아버지도
첫 겨울나기 하시니까.

겨울잠

얼음밥뿐이었던
생의 긴 겨울

한 번쯤
다시 봄이 온다면

복수초 꽃처럼
흰 눈을 이고
이른봄을 맞겠네.

들밥 광주리 속
흰 쌀밥처럼

눈을 가득 담고
꽃으로 살겠네.

차가운 이마에
노란 광주리를 이고
봄일 나가겠네.

얼음밥에
벌 나비로 수저를 놓겠네.

고깔불

고깔 모양으로
장작을 쌓은 모닥불

보이지는 않지만
사람 머리에도 고깔모자처럼
고깔불이 타오르지.
열정이라고도 하고
최선이라고도 하지.
달려야 더 잘 돌아가는 바람개비 같지.
제자리에서 맴돌면 꺼져버리지.

때론 가슴 쪽으로
거꾸로 그을음을 내뿜기도 하지.
그걸 울화라고 하지.
오래도록 울화가 쌓인 몸을
울화통이라고 하지.

골목대장

대장 대신
화분이 많다
같은 꽃이 많다
같은 나무가 많다
개와 고양이가 많다
행상 트럭이 자주 온다
낡은 헌옷 수거함이 많다
대문마다 녹슨 우편함이 있다
바랜 우편물이 비스듬히 꽂혀 있다
집집마다 햇살에 무언가를 말리고 있다
골목대장이 오면 주려고 오늘은 곶감을 말리고 있다

공기방울

우리집
공기방울 세탁기는
나보다 형이다.

대기권을 따라
동그랗게 선을 그으면
거대한 공기방울이 생긴다.

그 한가운데
커다란 초록 물방울,
지구 한 알이 있다.
지구도 형이다.

형님 두 분이
출렁출렁, 데굴데굴
공기방울 세탁 중이다.
통돌이 목욕 중이다.

공룡고기

일삯 십만원이 입금됐다고
아빠가 통닭을 배달시켰다.

영이 두 개만 더 있었으면
공룡고기도 사줄 수 있다고
아빠가 뻥을 친다.

영이 한 개만 더 있어도 좋겠다고
얼굴 마주보며 웃었지만
영 기분이 좋지 않았다.

공룡도
영 두 개도
영영 못 찾을 거다.

구두병원

많이 다쳤군요?
큰 수술을 해야겠어요.
의료보험증 갖고 왔죠?
보험 가입을 못했다고요?
굽도 갈아야겠어요.
치료비 대신에
호떡 한 개는 살 수 있겠죠?
고맙긴요. 점심 사주셨잖아요.
늘 호떡으로 점을 찍거든요.

구두쇠

노랑이는 구두쇠
자기가 먹는 것도 아까워서
얼굴이 노랗게 뜬 사람

구두쇠가
가장 우러르는 사람은
쇠 구두 신은 노랑이

쇠 구두 땜질하려고
값싼 수선집 찾아
고비를 넘는 자린고비
노란 모래바람 속을
맨발로 걸어가는 노랑이

쇠돈을 녹여
구두에 땜질한 쇠 구두
쇠 구두 두 짝을 다 벗어서
햇빛을 가리고
걷는 쇳덩어리

구두코

신발을 신으면
코가 세 개가 된다.

냄새로 살까?
향기로 살까?
나쁜 냄새는 만 년 가고
좋은 향기는 삼천 년 간다는데,
작은 코 하나 다치지 않도록
큰 코 두 개 다 벗어졌네.

현관 가득,
큰코다친 아빠 큰 코
큰코다친 엄마 큰 코
큰코다친 동생 큰 코
큰코다친 내 큰 코

말타기놀이 하며
입김을 불어주네.

구른돌

동그란 몽돌이 될 때까지
물은 얼마나 해졌을까.

조약돌을 보면
하나씩 호주머니에 챙기려 하지.
어머니의 마음을 모셔가려 하지.

구름다리

구름다리는
빗줄기를 꼬아서
번갯불로 이어 붙이지.
우르르 쾅쾅 천둥으로 망치질하지.
다리를 다 놓으면
하느님이 축하 인사를 하고
별자리 악보에 맞춰 천사들이 노래 부르지.
구름다리도 두드리고 건너지.
새가슴인 하느님은
겁이 많아 다리 위로 날아다니지.
천사들의 치맛바람 때문에
구름다리는 출렁다리가 되었지.

구름먼지

구름처럼 일어나
의자에 앉는 뽀얀 흙먼지
온몸이 무릎뿐인 구름먼지
서로의 무릎에 사뿐사뿐 앉는 구름먼지
먼지떨이에 얻어맞고 들썩이다가 다시 무릎을 접는 구름먼지
걸레를 만나면 걸레 속에 발가락까지 들이미는 걸레구름
누구라도 의자에 앉으면 엉덩이에 하트 모양을 찍어주는 구름먼지
제자리에도 엉덩이 모양을 찍어두는 연애주의자
또다른 누군가가 앉으면 또다른 하트를 꺼내주는 구름의자
맨 처음 하트는 끝끝내 지우지 않는 순결주의자
폴폴 하늘로 올라간 구름의자

구슬땀

땀흘려 일할 때
몸은 보석 상자가 되지.

구슬구슬 송알송알
구슬이 쏟아지지.

굴뚝연기

굴뚝연기가
아름다운 이유는

누군가의
차가운 등짝을
덥히고 왔기 때문이지

그물눈

보고 싶고
보고 싶고
보고 싶으면
눈에 밟힌다고 한다.
눈과 코와 귀가
손발보다 먼저 뜨인다.

그물에도 눈이 있고
코가 있고 귀가 있다.
은비늘을 보고 싶고
비린내를 맡고 싶고
꿈틀대는 물방울 소리를 듣고 싶다.

갓 깨어난
물고기와 새는
그물코와 그물눈을 통과해
다시 푸른 바다와 하늘을 품는다.

글쟁이

죽을 때까지 쓴다.

숨 끊긴 지 한참 지났는데,

기필코 벌떡,
깨어 일어나서 펜을 잡는다.

부스스,
유언을 퇴고하다가
다시 죽는다.

나머지 반은
언제든 돌아와 마저 고치겠다는 듯,

펜을 꼭 쥔 채,
검은 사색에 든다.

금송아지

금송아지보다
그냥 송아지를 사랑해야지.
금수저보다 나무젓가락을 사랑해야지.
금두꺼비보다 떡두꺼비를 사랑해야지.
금송아지와 금수저와 금두꺼비를
나만의 금고에 잡아넣으려고 한다면
결국은 모두 똥개가 되지.
사냥개처럼 물어뜯어야만 하지.
나 아닌 춥고 배고픈 이부터
맛난 걸 넣어주는 손가락이 황금젓가락이지.
일하는 어미 소 곁에서 젖을 빠는
땀에 젖은 송아지가 황금송아지지.
흙에 녹을 닦는 빛나는 무쇠가 돼야지.
괭이와 쟁기의 나무 손잡이가 돼야지.
무논에서 노래 부르는
물두꺼비가 돼야지.

기둥뿌리

공부해서 성공하겠다고 조르니
기둥뿌리 뽑을 놈이라고 호통을 치는 거야.
장사해서 출세하겠다고 하니
기둥뿌리에 도끼질할 놈이라고 나가라는 거야.
그래서 뛰쳐나와 막노동을 했지.
바위뿌리 뽑는 힘으로 이십 년 적금을 부었지.
땀과 눈물과 새벽을 이겨내면
겨드랑이에서 날개가 돋아나지.
내 품으로 추운 벗들이 모여들지.

새가 되면 알게 되지.
둥우리를 틀 만한 튼튼한 나뭇가지를.
높은 나무에서 노래해보면 알게 되지.
살아 있는 나무만이 기둥뿌리가 자란다는 것을.
내 발바닥 밑에서 벋어나가는 뿌리는
내 눈물과 땀방울을 먹고 굳세어진다는 것을.
나무에서 도끼날을 꺼낼 수는 없어도
도끼자루를 선물해줄 수 있다는 것을.

기러기가족

우리 기러기들이 떠나도
우리 대신 기러기아빠,
기러기엄마, 기러기가족이 남겠지요?

우리들이 먹고살려고
다 함께 이곳에 날아왔듯
기러기가족도 먹고살려고
뿔뿔이 헤어져서 사는 거란다.

돌아오는 하늘길은 잊지 않았겠죠?

글쎄다. 떠난 기러기보다
돌아오는 기러기가 늘 적은 거란다.

기러기발

거문고 줄을 받들고 있는 나뭇조각을
기러기발이라고 하지.
발을 옮겨 소리의 높낮이를 고르지.
기러기가 오천 마리 날아간다는 건
줄이 만 개가 되는 가야금을 뜯는 거지.
하늘이 통째로 '예술의전당'이 되지.
날갯짓은 아름다운 춤사위이지.
중간 박수는 치지 마.
산너머로 사라진다고 연주가 끝나는 건 아니니까.
줄 하나의 길이가 지구 한 바퀴니까.
민들레꽃 필 때쯤 손뼉을 치렴.
민들레는 자기가 예뻐서 그러는 줄 알고
샛노란 웃음을 짓겠지.

기침머리

태어날 때 머리부터 나오듯
첫 기침도 젖은 머리칼부터 뛰쳐나오지.
아기를 천천히 낳는 것과 달리
기침은 빠르게 거푸 쏟아지지.
공책으로 가리고 마스크를 써도
하늘로 날아가 구름으로 살지.
그러니까 해를 보고 세게 쏘아올려야 해.
사내들 중에는 이런 허풍쟁이도 있지.
내가 출산의 고통을 안다니까.
비염이 심한 날엔 쌍둥이를 백 명도 낳지.
지난봄에는 꽃밭에 앉아 만 명도 낳아봤지.
나비구름이 되어 쌍쌍이 날아가더군.
진짜 눈앞이 캄캄했다니까.
조심해. 기침을 낳다가
갈비뼈가 부러진 이도 있으니까.
출산의 고통은 정말 어마어마하지.
꼬리부터 낳는 법을 찾아봐야겠어.

길모퉁이

등을 보이고 돌아섰다는 건
마음속 잔돌로 모퉁이를 쌓았다는 것,
모퉁이로 떠난 사람은
모퉁이에서 가슴 치며 돌아오지.
한쪽 모퉁이 무너뜨려
온몸을 모퉁이로 만든 사람아.
그늘이 없는 모퉁이가 어디 있을까.
햇살도 구름 모퉁이에서 더 눈부시지.
모퉁이 없는 사랑이 어디 있을까.
모퉁이 없이 어찌 숨어 눈물 흘릴까.
담장 모퉁이로 고갤 내미는 해바라기,
모퉁이에 피는 꽃이 더 예쁘지.
모퉁이 없는 길에 그리움이 있을까.

김칫국

떡 줄 사람은 생각도 않는데
김칫국부터 먹나?
핀잔하는 사람이 아니라,

떡 줄 걸 어찌 알고
김칫국부터 먹느냐고 웃는 사람, 너는

제 떡 다 나눠주고
떡고물에 김칫국이나 얻어먹는 사람

입술과 속눈썹에
늘 떡고물이 묻어 있어서,
고개 처박고 혼자 다 먹었구나!
핀잔이나 듣는 사람

떡시루처럼 구멍이 숭숭 뚫린 사람
눈이 오면 떡가루라고 생각하는 사람

땅이 있으면
찹쌀과 콩을 심어야지,
떡 줄 사람 생각에
김칫국처럼 시큼한 눈물 삼키는 사람

까치눈

접힌 발가락 밑,
갈라터진 자리를
까치눈이라고 부르지.
눈 똑바로 뜨고 걸으란 뜻이지.
사마귀 같은 굳은살은 티눈이라고 하지.

줄기 끝에는 끝눈을 주지.
딴눈 두지 말고 때 되면 나오거라
딱딱한 껍질 속에는 숨은 눈을 감춰두지.
잎마다 곁눈, 겨드랑눈을 밝히지.
어린 물고기는 다 빠져나가거라
물속 그물은 그물눈을 크게 뜨지.

눈을 선물받는 건 좋은 거야.
숨은 것까지 꿰뚫어보는 참눈과
마음의 눈이며 천리안까지,
나중에 뜨는 눈이 더 아름답지.

까치의 눈을 닮아서
이름 붙인 것만은 아니야.
상처가 세상을 보는 또다른 눈이란 거지.

세상 이파리는 모두 다 눈이었지.
낙엽이 지네.
붉은 눈이 내리네.

까치발

공을 찼다.
날아오르는 운동화,
꼭 축구공보다 먼저 떨어진다.

"축구공하고 친구하기는 힘들어."
운동화의 입술에 모래가 묻어 있다.

"넌 하늘이라도 날지.
고린내도 참기 힘든데
난 이 뚱뚱이를 메고 혼자 왔단 말이야."

운동화 두 쪽을 벗어서
퍽퍽, 주둥이 박치기를 시킨 뒤
이번엔 왼발로 공을 찼다.
왼쪽 운동화를 더 높이 날렸다.

"나도 힘들어. 넓은 운동장에서
혼자 축구하는 게 쉬워 보이냐?
조금만 참아. 후반전이야."

코를 박고 있는 운동화에게
그림자 홀로 까치발로 뛰어간다.
깨금발로 겅중겅중 학춤을 추며

까치밥

산골마을,
할아버지 할머니들뿐이네.

빈집 감나무,
홍시 따는 사람 없네.

손닿는 밑가지만으로도
오물오물 먹고도 남네.

동네 까치들,
겨우내 변비 걸리겠네.

봄이 오면,
응까악! 응까악!

피 묻은 까치 알,
까치 똥구멍 찢어지겠네.

꼬부랑국수

꼬부랑할머니가
한글 학교를 졸업했다.
개근상도 받고 시화전도 했다.
손주가 동화책을 들고 와서 읽어달라고 할 때
나와 책이 무서웠다는 시였다.
꼬부랑할머니가 꼬부랑지팡이를 짚고
꼬부랑골목길을 일 년 동안 다녔다.
꼬부랑머리를 닮은 꼬부랑글씨로
"생일 추카해. 사랑하는 재민아"라고
편지도 썼다. 오늘은 기다리던 내 생일인데
꼬부랑국수를 끓여서 할머니랑 먹는다.
저녁 늦게 아빠가 오면 삼겹살을 먹을 거다.
먹다보면 열두시가 넘을 때도 있다.
자다 일어난 꼬부랑할머니와
일박 이일로 생일잔치를 연다.
생일엔 새벽에 일기를 쓴다.
꼬부랑국수를 호호 부는데
꼬부랑꼬부랑 눈물이 흘러나왔다.
꼬부랑할머니의 꼬부랑손가락이
내 얼굴에 난 꼬부랑눈물길을
꼬부랑꼬부랑 쓰다듬었다.

꼴다듬기

가지치기와 같은 말이다.
식물이나 과실나무 가지를
바라는 꼴대로 쳐내는 거다.
그런데, 꼴다듬기란 말을 중얼거리다 보니
고양이세수와 파리 앞발과
빨래 건조대로 쓰는 헬스 자전거가 떠오른다.
쌍꺼풀 수술을 위한 적금 통장이 떠오른다.
보톡스 시술을 위한 친목계 모임이 떠오른다.
꼴값 떨지 말고 공부나 하라는
꼴 같지 않은 말도 떠오른다.
입김을 불어넣으면 홀랑 뒤집히는
고무장갑의 다섯 손가락도 떠오른다.
하지만, 나는야 골이 섹시한 사람!
꼴다듬기 전에 골을 다듬지.
가지치기 전에 가시를 쳐내지.
가슴속 가시는 뽑아내고
골이 어여쁜 골 다듬기를 하자.
골골한 몰골을 위해 고기부터 굽자.
머리는 보름달로 몸매는 초승달로
아름다운 꼴다듬기는 골 다듬기부터.

꽃보자기

아기보자기에서 나와
책보자기 펼쳐 공부하고
떡보따리 풀어 함께 먹고
이야기보따리 끌러
웃음보따리 나누다가
짐보따리는 이고 지고
일보따리 품앗이로 풀어헤치다가
빚보따리와 욕심보따리에 한숨도 짓고
욕보따리에 눈도 흘기다가
다시 말이 많아져서 고시랑고시랑
이야기보따리 풀어놓다가
삼베보자기에 싸여
무덤보자기에 캄캄하게 누웠다가
하늘보자기에 포옥 안겨
구름보따리로 떠나간다.
보따리에서 술술 새어나온 몇은
다시 이야기보따리가 되는데
그중 책보따리에서 나온 자서전이
다른 이의 마음보자기로 옮겨가서
오래도록 꽃보자기로 핀다.
이야기꽃 타래가 된다.

꽃사슴

푸른 풀밭
어디에서
함박눈을 맞은 거니?

고운 털에
송이송이
함박눈꽃 피었구나.

누구랑
눈싸움하다
뛰어오는 거니?

따끈따끈
만두라면 좋겠다.
찐빵이라면, 호호호
호빵이라면 좋겠다.

꽃상여

사람이 타면
그제야 꽃이 핀다.
슬픈 꽃이 활짝 핀다.

꽃샘추위

내가 왜
늘 추워 떠는지 알겠지?
나는 철부지 봄꽃이거든.
내가 마시는 물은 시샘이지.
나비들아. 어서 날아와서
작은 누비이불을 덮어다오.
꿀벌들아. 빨리 날아와서
내 꽃 입술에 불을 당겨다오.
예쁜 건 알아가지고, 흥!
나에게 쏠리는 눈빛을
햇살 삼아 하늘거리지.
떨어야 봄꽃이지.

꽃손

꽃나무 옆에
붙들어 매는 버팀대를
꽃손이라고 하죠.

주름지고 거친
당신의 손이 아름다운 꽃이죠.
검버섯이 핀 등걸손이 고운 꽃이죠.

꽃에 꽃 잡고
달맞이꽃처럼 강강술래를 해요.
세상에서 가장 크고 싱싱한 꽃을 피워요.

꽃손이 될게요.
{ }, 꽃잎묶음표가 될게요.

꽃잠

꽃그늘에
나비가 누워 있다.
꽃침대에서
꽃잠 자다가 떨어진 거다.
나비는 꽃밥상에서
꽃침대까지가 한살이다.
평생 꽃놀이다.
꽃가마 타고 가다가
꽃상여에서 내린 거다.
저승이 코앞이란 말,
꼭 들어맞는 말이다.
꽃방석에 오래 앉았다가
꽃무덤에 들었다.
꽃비 맞으며

꽃주름

눈주름은
웃을 때 피어나지.
따뜻하게 피는 꽃주름이지.

먼산주름은
산너머까지 마음을 열 때 안아주지.
메아리를 연주하는 아코디언이지.

꽃주름은
꽃봉오리만의 속주름이지.
꿀주머니와 향기 자루를 묶어 맨 자국이지.
꽃잎 활짝 펼칠 때 사라지지.

꼬막 껍데기 부채주름은
개펄에 밑줄을 치며 공부한 시간표지.
아기 파도를 감싸고 있던 포대기지.

주름은 아름답지.
아낌없이 내어준 무늬지.
몽땅 품어준 나이테지.

꿀단지

꽃에서 온 기억 때문에
꿀은 자꾸 높은 데로 오르려 한다.
꿀단지는 아이의 키를 한껏 늘인다.
흥건한 침샘이 아이의 손끝을
꽃대처럼 밀어올린다.
이불과 요와 베개와 동생의 등이
탑처럼 차곡차곡 시렁 밑에 쌓인다.
두 팔을 더듬이처럼 내뻗는다.
꿀단지는 늘 한 뼘 위에 있다.
동생 베개를 하나 더 떠받친다.
늦게 끼운 베개가 뾰로통하니 튕겨나간다.
꿀단지가 방바닥을 힘껏 때린다.
아랫목이 긴 혀로 꿀맛을 본다.
산산조각이 났는데, 두근두근
걱정은 왜 이리 달콤할까.

꾀주머니

못난이 열 명의 꾀가
잘난이 한 명의 꾀보다 낫다지.
우렁이도 두렁 넘는 꾀는 있고
미련한 곰 발바닥에도 꾀가 산다지.
하지만 좀꾀에 매 꾸러미라.
좀스런 꾀만 부리다간 매만 번다지.
제 꾀에 제가 넘어간다고
앓는 병에는 죽지 않아도 꾀병에는 말라 죽는다지.
그러니까 공부 시간에는
화장실이며 양호실에 그만 좀 들락거리렴.
꾀똥 싸다 똥구멍 막힌다지.
꾀주머니가 똥주머니 된다지.

L

나무거울

겉모양은 그럴듯하나
쓸모없는 물건이나 사람을
나무거울이라고 하죠.
나무는 되비침도 얼비침도 없으니까요.
하지만 나무는 나무를 보고 크죠.
소나무가 무성해지면 잣나무가 기뻐하죠.
목이 아플 때까지 나무를 우러르면
가슴앓이 냉가슴에도 샛별이 뜬다지요.
나무불상과 나무십자가도 멋진 나무거울이지요.
삐걱대는 나무다리도 참 좋은 나무거울이지요.
내 그림자 속 뼈를 들여다볼 수 있으니까요.
옹이는 나무의 상처지요.
옹이가 빠져나간 마룻장의 까만 눈동자가
처마 끝 푸른 하늘을 보아요.
그대는, 아름드리나무가 되라고
나무라는 사람을 갖고 있나요.
나무랄 데 없을 때까지 나무라는
나무거울을 모시고 있나요.

나비물

날듯이 달리는 말을 만나려면
한 세숫대야의 물이 필요하다.
물을 길어 얼굴을 곱게 씻고
너른 마당에 드넓게 끼얹으면
물갈기를 세운 말이 허공에 나타난다.
세숫물은 말이 되었다가 나비물로 내려앉는다.
깨끗하게 쓸어놓은 마당에 날개를 펼친다.
놀이마당 타작마당 잔치마당이 삶의 한마당이다.
나비가 앉아 있는 꽃송이는 꽃잎을 떨구지 않는다.
어서 일어나 세숫물부터 받자.
흙먼지를 잠재우고 숨막히는 더위를 식힌다면
그것이 세상을 꽃피우는 일이다.
말처럼 달려가 나비처럼 내려앉자.
꽃밭에 물을 주는 마당지기가 되자.

나비잠

나비가
물 찬 제비처럼 빠르게 날면
나비를 쳐다보는 꽃송이
모가지가 꺾일지도 몰라.

나비가
제비처럼 재빨리
학교에 가고 도서관에 가면
꽃향기가 다 사라질지도 몰라.
어린 씨앗이 뛰쳐나갈지도 몰라.

나, 나비처럼
책 향기에 코 박고
나비잠에 빠질 거야.

나이떡

식구들 나이 수만큼
숟가락으로 쌀을 떠서 떡을 만들지.
정월대보름에 액땜하기 위해 먹는 떡이지.
할아버지 할머니 증조할아버지 증조할머니
모두 살아 계시면 떡시루가 절구통만하겠지.
나이 많은 머슴도 그날만큼은 대접받겠지.
오래오래 사시라고 큰절 받겠지.
오순도순 오물오물 웃음꽃 피는 집에
어찌 나쁜 액운이 찾아들겠니?
도깨비도 키들키들 콩고물 입에 묻힌 채
성황당 너머로 달아나겠지.

나이배기

과녁은
나이배기다.
화살 맞을 때마다
한 살씩 먹는다.
과녁 언저리 땅바닥이
가장 오래된 땅이다.
빗나간 화살도
한 살씩이기 때문이다.
과녁 가까이 풀과 나무도 나이배기다.
하지만 큐피드의 화살은 한 살배기다.
화살을 쏘거나 맞으면
한 살씩 줄어든다.
심장이 갓난아기처럼 뛴다.

나이테

체육선생님이
운동장에 커다랗게 나이테를 그린다.

나이테 안쪽은
축구공이 채운다.
야구장갑과 도루가 채운다.
헛발질이 채운다.
파울볼이 채운다.

아이들이 뛰노는 운동장엔
푸른 나뭇가지가 하늘가에 닿는다.
만국기 너머로,

해와 달은
교문 밖으로 뻗어나가는
운동화를 쫓아
지구 반대편으로 나이테를 그린다.

나잇값

어쩌다 한번
나잇값을 하면
철이 들었다고 한단다.
봄 여름 가을 겨울
어긋남이 없어야 철이 든 거지.
언제나 나잇값을 하면
그분을 성인으로 모신단다.
나잇값 꼴값 하기가 정말 어렵단다.
이름값은 두렵고 어른값은 힘에 부치지.
나이를 먹어도 어린아이로 머물고 싶단다.
가시내는 시냇가에 내놓은 듯 걱정이고
사나이는 평생 네 살 철부지로 살지.
겨우 네 살, 아빠도 사나이란다.
엄마도 물너울 들여다보는 가시내란다.
잘할게. 아들딸들아.
그만 좀 혼내렴.

남의나이

환갑이 넘으면
남의나이를 먹는다고 한다.
허망하게 죽은 젊은이와
한몸이 되어 황혼길을 걷는다.
다시 맞은 봄으로
사랑을 불태우기도 한다.

팔순이 지나면
남의나이를 모신다고 한다.
기저귀 차고 떠난 젖먹이와
둥개둥개 한몸이 된다.
때도 없이 어리광을 부리고
떼쓰기와 삐치기와 사탕을 좋아한다.
아예 똥오줌도 못 가리는
갓난아이로 돌아간다.

그래서 영혼은
모두다 동갑내기 벗이 된다.

날궂이

빗줄기 종아리 좀 봐.
소나기 종아리는
웅덩이에서 찰방거리며 놀 때 예쁘지.

눈송이 날개 좀 봐.
소나무에 앉아서
친구들의 날갯죽지를 척척 받아줄 때 멋지지.

날이 궂으면
빗줄기처럼 뛰어다녀라.
눈사람처럼 뒹굴어라.
종아리가 딴딴해져야 하니까.
어깻죽지가 짱짱해져야 하니까.

구름 너머 하늘도
너와 놀고 싶어서
입술에 내려앉을 거야.

네 입술이 파래지면
구름도 걷힐 거야.

넋두리

말은 가슴에서 울려퍼지지.
징이 되어 둥둥 퍼져나가지.
장구와 꽹과리와 추임새가 흥을 돋우지.
말이란 붉은 심장을 꺼내어 건네는 일,
마른 손으로는 받을 수 없지.
싸돌아다니던 발걸음으로는 동행할 수 없지.
심장의 말은 심장으로만 받을 수 있지.
심장은 넋의 둥우리, 넋의 보자기지.
말이란 넋의 알이지. 막 알에서 깬 젖은 깃털이지.
하지만 둘레를 놓친 넋두리도 있지.
둥우리에서 떨어진 얼먹은 말도 있지.
날개를 펴지 못한 채 숨이 잦아드는 새가 있지.
그 누구의 심장에도 가닿지 못하는 앓는 넋이 있지.
오로지 귀와 눈을 심장으로 바꿔서 들어줘야만
아픈 넋을 달랠 수 있지. 다시 깰 때까지
심장 속에 눕히고 품어줘야지.
아, 남의 심장에서 나온 듯한
말 같지 않은 슬픈 말이 있지.

노랫가락

나쁜 말과 못된 생각은
떠돌다가 땅바닥에 떨어진대.
그러면 풀과 나무가 빨아들여서
싹과 꽃봉오리를 만들고
열매나 알뿌리로 뭉쳐놓는대.
못된 생각과 나쁜 말을
가장 잘 아는 짐승이 소와 토끼래.
토끼가 풀을 먹을 때 오물오물
얼마나 엉킨 말을 잘 풀어서 씹는지
입술마저 갈라터졌다는구나.
소는 밤낮 차돌 같은 어금니로
되새김질해서 착한 말만 내보낸대.
송아지의 젖은 눈망울을 들여다보면
하느님이 어디에 있는지 알 수 있대.
소똥은 김이 날 때부터 거름이 되지만
토끼똥은 풀어져야만 빨아먹을 수 있대.
또르르 굴러서 배고픈 뿌리도 찾아가고
겨우내 얼어 있다가 새싹이 되기도 한대.
그러니까 풀밭에 누우면 착해지지.
깡총깡총 산토끼 음매음매 송아지
누구나 나무 그늘에 앉으면
노래가 흘러나오지.

노루잠

난 노루가 좋다.
노루처럼 달리기를 잘해서 붙은
내 별명이기 때문이다.
우즈베키스탄에서 시집온
엄마 눈을 닮았기 때문이다.
난 아직 책을 떠듬떠듬 읽는다.
어릴 때, 아빠는 멀리 일 나가시고
엄마는 나보다도 한글을 몰랐기 때문이다.
오늘 인터넷 국어사전에 노루라고 쳐봤다.
노루 제 방귀에 놀라듯이란
속담을 보고 깔깔 웃었다.
여리고 착한 것도 닮았다.
엄벙덤벙 책 읽는 걸 노루글이라고 한단다.
정말 전생에 나는 노루였을까?
근데 설핏 자다 깬다는 노루잠은 나하고 멀다.
나는 누가 떠메가도 모를 꿀잠을 잔다.
잠자는 것만 빼면 나는 노루가 맞다.
일기장에 '놀러갔다'라는 말을 '노루갔다'라고 써서
모두를 웃게 한 적도 있다.

노른자

땅 투기꾼에게 넘긴
우리 밭,
망초꽃 한가득 피었다.

망초꽃은
달걀꽃이라고도 부른다.
노란 노른자에
흰자위를 두르고 있다.

바라볼 때마다
엄마 아빠 눈에 흰자가 핀다.

이제는 남의 땅,
땅값은 오르고 올라
진짜 노른자 땅이 되었다.

눈물샘

인공눈물을 넣다가 알았지.
눈물 없이는 눈을 깜박일 수도 없구나.
웃음 끝에 눈물이 솟는 까닭을.
눈물 없이는 웃을 수도 없구나.
깜짝이야! 놀랄 수도 없구나.
순간이란 눈 깜짝할 사이,
인생이라는 순간을 건널 수가 없구나.
눈물이 있어야만 세상을 볼 수 있는 것을
눈물이 마르고야 알았지.
눈두덩 속에 눈물샘을 파놓으신 뜻을.
눈물샘이 막히면 뜬눈으로 죽는다는 것을.
깜깜한 내 눈물샘으로 다가와
깜짝이야! 두레박을 던진
내 눈부신 사랑을.

눈싸움

봄입니다.

싹눈과 꽃눈이
하늘 한복판에 점을 찍어놓고
눈싸움을 합니다.

꽃눈의
눈꺼풀이 파르르 떨립니다.
깜박하는 순간 봄이 갑니다.

싹눈은
초록 눈을 부릅뜨고
여름을 건넙니다.

곧 눈자위가 붉어지고
깜박, 가을도 갑니다.

눈을 꼭 감고 있어야 해!

작은 싹눈과 꽃눈이
겨울눈이 되어
함빡, 눈을 맞습니다.

눈썹씨름

잠자기 전 마지막 운동이다.
꿈길 어귀에서 겨루는 나와 속눈썹의 씨름.
무거운 나와 더 무거운 눈꺼풀의 한판 싸움.
지친 나는, 잘 버텼다고 박수를 보내고
꼬치꼬치 따지고 가르치는 또다른 나는
그렇게 살지 마. 내 눈꺼풀을 백기인 양 흔든다.
앞으로는 잘할게. 잘하려면 어서 자야 해.
씨름판 모래가 머리 가득 회오리친 다음에야
스르르 샅바를 놓아주는 눈썹씨름.

눈심지

눈에 불을 켜려면
가슴부터 타올라야 해요.
온몸이 기름등잔이 되어야 해요.
세상은 겹겹 어둠을 옻칠하는데
몸안의 불빛은 옴짝달싹 못해요.
마른침을 만 번쯤 삼키다보면
하얀 심지가 눈망울 쪽으로 용트림하지요.
이제 불이 붙을 때까지 눈에 힘을 주어요.
아, 당신이 어둠 속에서 꽃대를 올리셨군요.
꽃은 지구의 불 가슴에서 핀 눈심지지요.
꽃에서는 모두 불내음이 나요.
불내음은 까만 씨앗만 남기고 구름이 되지요.
한 다발 꽃구름으로 피어나지요.

눈엣가시

한 사람에게 눈엣가시라면
그 한 사람의 눈에서만 가시가 돋고
그 한 사람만 가시방석에 앉아
성에가시가 핀 가시밭길을 걷지만

어느 한 사람이
뭇사람 모두에게 눈엣가시라면
그 한 사람 때문에
모든 이가 가시나무가 되지.
혓바늘이 자라나
말할 때마다 가시못이 튀어나오고
가시눈으로 불화살을 쏘아대지.
어린아이까지 가시철을 끼운
가시줄 채찍을 끌고 다니지.
사랑을 나눌 때에도
속주름에 가시주름까지 찌푸리지.

눈엣가시인 한 사람을 뽑아버릴까?
모든 사람의 눈망울을 뽑아버릴까?

눈요기

모든 나무와 풀과 새에게
물을 주고 먹이를 챙겨야 한다면
아침에 깨는 것도 숨쉬는 것도 지옥이겠지.
개구리와 맹꽁이에게 벌레를 잡아 먹이고
울음이 노래가 되도록 풍금을 쳐야 한다면
지휘봉으로 두 눈을 찌르고 말겠지.
백화점의 수많은 옷을 다 입어야 하고
금은방의 보석을 모두 지니고 다녀야 한다면
제자리에서 꼼짝 못하는 금붙이가 되겠지.
옆구리와 뒤통수에서 금은보석을 떼어 가는
망치 소리에 귀앓이를 하겠지.
돈벼락이 정수리를 치겠지.
그래서 달의 뒤편에 올려놨단다.
사랑으로 닦아서 하늘에 띄워놨단다.
풀과 바람과 달과 별이 다 네 것이란다.
맘놓고 실컷 눈요기하려무나.
깜박깜박 눈물로 닦아주려무나.
억짓손 움켜쥐면 창은 닫혀버린단다.

눈웃음

허수아비
비 맞는다
눈썹이 삐뚤삐뚤
비웃음

눈사람
눈 맞는다
눈꼬리가 꿈틀꿈틀
눈웃음

엄마 염소
아기 염소
진눈깨비 맞는다

늦게 데리러 와서 미안해
내 짧은 눈웃음
아기 염소 엄마 염소의
기다란 비웃음

늦깎이

늦었다는 생각을 싹둑 도려낸 사람
늦었다고 생각할 시간마저 아낀 사람
두려움을 설렘으로 감싸안은 사람
망설임이란 제자리걸음을 떨치고
온 힘으로 자신의 꿈을 마중나간 사람
우물 밑바닥에 살던 자신을 두레박질한 사람
빈자루가 얼마나 어두운지 아는 사람
자루 속 무싹을 베어물어본 사람
자루 속 무꽃에 벌 나비를 선물하는 사람
뿌리 곳곳에 꿈을 쟁여두는 연뿌리 같은 사람
해낸 사람이 아니라 하고 있는 사람
결승선이 아니라 출발선으로 달려가는 사람
그 사람이 바로 나라고 배냇저고리처럼 웃는 사람

C

단비

우리가 나물맛을 알듯
이파리와 뿌리도 맛을 느끼지.
물이 넉넉할 때에는 물맛이지.
가뭄에 애가 타면 쓴맛뿐이지.
이때 내리는 비가 단비지.
사람도 뿌리처럼 비의 맛을 느끼지.
나무도 우듬지 이파리까지
온통 혀가 되어 꿀비를 맛보지.
보고파서 싹눈이 짓무를 때에 오지.
사무쳐서 눈에 밟힐 때에 오지.
너뿐이야. 짝사랑의 끝자락을
가슴 벅차게 적셔오지.

달꽃

달은 하느님의
집게손가락 끝이지.
길게 펴서 가리키는 거지.
지켜보겠단 뜻이지.
지켜주겠단 몸짓이지.
손톱달은 손톱만 보일 때지.
오늘밤엔 반지를 끼고 나왔구나.
달 가락지, 달무리가 피었구나.
하늘에 잔치가 있었던 거지.
꽃반지, 달꽃이 피었구나.
곧 구름 커튼을 치고 쉬시겠지.
난 비설거지를 해야 하지.

달맞이꽃

박각시야
꼬리박각시야
보름달돈가스 먹고 싶으면
한숨 자고 밤에 오렴.
분식도 먹고 싶다면
분꽃집에 들렀다 오렴.
우린 밤에만 문을 연단다.

닭살

소름은 언제 돋나?
털이 다 뽑힌 닭처럼
에고 추워라 오싹오싹 떨 때
부끄러워라 몸 둘 바를 모를 때
도마와 식칼이 자긋자긋 박자를 준비할 때
기름 솥에서 기름 방귀가 터지기 시작할 때
다 빠져나간 애간장이 으스스 다시 오그라들 때
걸음아 살려라 달아나는데 무릎 아래가 없을 때
바삐 날아 도망가려는데 깃털이 하나도 없을 때
털이 빠져나간 자리가 하나하나 입술이 되어
비명을 터뜨릴 때, 한꺼번에 닭살은 솟아오른다.
몽땅 북쪽 기슭이 된 몸에서
오돌토돌 성에가시가 솟구쳐오른다.
설산 봉우리마다 칼바람이 인다.

닭알주먹

아기 주먹은
닭알주먹

도리도리 쥠쥠
도리도리 쥠쥠

손가락 펼 때마다
꽃 벼슬이 까꿍

아빠 입에 들락날락
들락날락 까꿍

넣었다 뺐다
뺐다 넣었다

씨암탉 똥꼬가 된
아빠의 입꼬리

닭알주먹만한
함박웃음

닮은꼴

별은 뿔로 치받으며 싸운다.
뿔이 자꾸만 반짝인다.

염소도 뿔을 치받으며 자란다.
눈망울과 머릿속에 별이 뜬다.

짐승의 눈은 작은 우주 같다.
성날수록 은하가 타오른다.

네 가슴속 불길도
이글이글 타오르는 뿔이다.
땅속 불가마다.

풀뿌리 나무뿌리도 뿔이다.
구름 가장자리에 별꽃이 피어 있다.

성깔을 사랑해라.
뿔날 때마다 별이 뜬다.
우주와 닮은꼴로 넓어진다.

참 별꼴이야.
자신의 별난 가시를 사랑해라.

더운술

부글부글에는 불이 있다.
물속에서 불이 끓고 있다.
술항아리에 이불을 덮어놓으면
불을 지핀 듯 부글부글 끓는다.
물속의 불은 수불이다.
수불이 부글부글 술이 되었다.
술술 넘어가는 몸의 불이 되었다.

도깨비바늘

바지나 치마에 다닥다닥 박히죠.
산짐승이나 개의 터럭에 촘촘히 달라붙죠.
씨앗을 새로운 땅에 멀리 건네고 싶은 거죠.
그런데 그것만이 아니에요.
도깨비가 아무리 방망이를 두드려도
깨끗한 옷이 나오지 않는 거예요.
피 묻은 옷만 나오는 거예요.
불에 탄 옷만 펄럭이는 거예요.
그래서 새 옷감을 꿰매려는 거예요.
목욕할 때 사라진 옷은 도깨비장난이에요.
한쪽만 사라지는 양말도 도깨비놀음이지요.
도깨비는 귀와 눈도 짝짝이에요.
도깨비바늘이 박히면 도깨비와 함께 걸은 거예요.
바짓가랑이나 치마가 찢어졌다면 목숨도 구해준 거예요.
도깨비와 친구가 되었으니 한번쯤 방망이를 두드려줄 거예요.
도깨비바늘 꽃처럼 예쁜 소원을 준비해두세요.
목화솜같이 작고 따사로운 하얀 꿈을.

도깨비방망이

도깨비를 그리지 못하는 사람은 없지.
도깨비방망이 또한 못 그리는 사람이 없지.
아무도 본 적이 없으니 아무렇게나 그려도 도깨비지.
요즈음 우리 식구들은 도깨비를 매일 만나지.
방학이라고 열흘쯤 얼굴도 안 씻고 양치도 안 하면
얼굴에 무언가가 슬금슬금 기어다니는 것 같지.
도깨비가 아무 얼굴이나 뒤집어쓰고 이불 동굴에 숨지.
홍두깨 들고 거울 앞에 서서 도깨비와 놀아볼까.

독서왕

글을 읽으면 쑥쑥 자란다고 한다.
할아버지는 매일 신문을 본다.
할아버지 마음이 또 커졌나보다.
안경이 코끝으로 스윽 내려왔다.

돋을볕

아침해가 솟을 때,
할머니는 그 돋을볕이 아까워
내 바지를 벗기고 오줌을 뉘였지.
오줌주머니에 돋을볕을 담아주셨지.
햇살거름이 최고라고 웃으셨지.
지금도 돋을볕을 만나면
으스스 주머니끈이 풀리지.
할머니 생각이 돋아나지.

돌부리

땅속에 박혀 사는 새가 있지.
부리만 조금 내밀어
빗물과 눈송이를 받아먹지.
구둣발에 차일 때 많지.
괭이나 쟁기에 으깨지기도 하지.
울대가 없어서 삽날이 대신 울어주지.
발로 찬 사람이 울어주지.
눈을 감고 돌부리를 쓰다듬으면
내 어깨의 새부리뼈가 활개를 치지.
어깻죽지가 나른하지.

돌심장

단단한 마음을
돌심장이라고 하지.
돌의 첫 마음은 쇳물처럼 뜨거웠단다.
펄펄 끓어오르고 부르르 날아다녔지.
돌은 조용하고 묵직한 심장을 갖고 싶었어.
우리가 손난로로 쓰거나 탑을 쌓아올릴 때에는
굳어버린 돌심장을 깨워야 한단다.
호호, 돌의 마음을 녹여야 한단다.
머리와 다리와 날개를 다 버리고
돌은 심장만 품고 산단다.
어루만질수록 단단해진단다.
따뜻하게 숨을 쉰단다.

돌잡이

너무 어렵다.
돌잡이 예상 문제는
실, 쌀, 연필, 국수, 돈, 활, 책이었는데
골프공, 황금열쇠, 체크카드, 증권,
수표, 금수저, 로또복권이 나왔다.
세 살만 먹었어도 고민하지 않았을 것이다.
첫 진로선택이라서 괴로웠다.
고급 정보와 스펙만이 꿈을 말할 수 있다고 한다.
우유를 한 통 더 먹었는데도 가슴이 아팠다.
이유식도 멀었는데 금수저는 왜 올려놓은 걸까.
돌이나 됐는데 나잇값을 해야지.
눈치코치는 삶의 바탕화면이지.
나는 망설임 없이 로또복권을 그러쥐었다.

돼지꿈

사람들은
돼지꿈을 좋아한다.
똥 묻은 돼지가 집안으로
우르르 몰려드는 꿈을 좋아한다.
하지만 돼지는 돼지꿈을 좋아한다.
그리운 아기 돼지를 꿈꾸며 눈물 흘린다.
별은 별꿈을 꿀 때 더 반짝인다.
은하수는 서로를 꿈꾸며 밤새 흐른다.
똥은 똥꿈을 꾸면서 향기 나는 거름이 된다.
나무는 나무꿈을 꾸며 꽃을 피우고
흙은 흙꿈을 꾸며 씨앗을 틔운다.
눈에 밟히는 사람을 갖고 나서야
사람은 사람꿈을 간절히 기다린다.
사랑만이 사람을 꿈꾸게 한다.

돼지발톱

고집쟁이를
돼지발톱이라고 하지요.

뒤로 몰려면
돼지 귀를 잡아당겨야 하죠.

앞으로 끌고 가려면
돼지 꼬리를 잡아당겨야 하죠.

밥 먹을 때만
돼지발톱이 순해지지요.

돼지저금통

구멍가게 처마에
돼지저금통 한 꾸러미
한 마리 한 마리가 다 연꽃잎 같다

딸꾹딸꾹 다보탑을 바치는
개구쟁이 부처에게
풍경 소릴 들려주는 꿀꿀이 부처

심심한 분교 초등학교
처마엔 구리종이 하나
더 심심한 구멍가게 처마엔
커다란 연등이 한 꾸러미

천원짜리 한 장이면
꿀꿀꿀 따라나서는
분홍 꽃돼지들

한 마리 한 마리가
방금 발을 꺼낸
연꽃 봉오리 같다

되새김질

내 것을 토해내야만
되새김질할 수가 있다.
그러니까 일단 가득 채워야 한다.
먼저 저 바깥을 들여앉히고
속앓이부터 해야 한다.
지는 해가 긴 혀로 솔숲을 곱씹듯.
밤바다가 끝없이 트림을 하며
물방울별 하나하나를 새김질하듯.
너만을 생각할 때처럼,
윗니와 아랫니 사이에
혀의 춤사위만 미끄러질 때까지.

두꺼비씨름

싸움은 두꺼비한테 배워야 한다.
뱀이 삼키지 못하도록
배를 볼록하게 부풀리던 대로
두꺼비끼리 싸움이 붙으면
배만 하염없이 키운 채 식식댄다.
송곳니도 없고 낯빛도 달라지지 않는다.
언제 끝날지, 왜 화를 내는지도 모른다.
앞발을 들거나 한걸음을 뗐다가
통째로 구르거나 뒤집힌다. 혀를 차며
일으켜주려다가 자기도 고꾸라진다.
몇 번 뒤집혔다 바로 앉았다 하면서
웃음보가 터진다. 배를 두드리며 웃으려고
앞발을 들다가 또 뒤집힌다.
벌렁 누운 채 웃어젖히다 배가 꺼지면
벌떡 일어나 밥 먹으러 간다.
날렵한 혀가 허공에서 저녁밥을 꺼낸다.
속씨름도 사라진 두꺼비는
스스로 돌이 되어 돌을 지고 잔다.

뒤풀이

아빠는 회사 끝나고
소주 한잔으로 뒤풀이하고
엄마는 아파트 주민회의 두 시간에
수다 세 시간으로 뒤풀이하고
할머니는 노인정 끝난 뒤
문화센터에서 노래 장단으로 뒤풀이하고
담임선생님은 수업 끝나고
요가학원에서 뒤풀이한다는데,
나는 중간고사, 틀린 시험 문제로 뒤풀이하고
국어 문제, 영어 문제, 진로 문제, 이성 문제,
그리고 수학학원에서 배운 연산 문제로
뒤풀이와 되풀이를 반복하는
나는야, 문제적 인간이다.

뒷북

뒷북은
모든 음악회의 마지막 연주자다.

뒷북 치지 마!

박수보다
야유를 더 받는
늦깎이 외로운 연주자다.

앞선 맞장구들을
늘 우쭐하게 해주는.

뒷심

잘하다와
못하다가 만나면
잘못하다가 된다.
너무 잘하다와
정말 못하다가 부딪히면
정말 너무 잘못하다가 된다.
잘하려고 할수록 잘못될 때 많다.
뭐든 깜냥 젖 먹던 힘이면 된다.
잘못은 버리고 하다에만 마음 모으면 된다.
아프리카 병정개미가 사백만번째
마지막 알을 낳듯이, 한결같이
마침표를 찍으면 된다.
뒷심으로, 늘, 깍듯이.

등긁이

애벌레 한 마리가
어린 이파리에 구멍을 뚫자,
구멍에 맞춤하게 손을 모은 햇살이
한 나무의 떨림을 짚는다.
아침햇살이 등긁이가 되어
눈치밖에 모르는 애벌레의
굽은 등에 날개를 그린다.
먹을 것밖에 모르던 애벌레의
머리에 하늘을 새긴다.

딴눈

잠깐 한눈팔 때에도
봐야 할 것을 놓치지 않는 딴눈,
블랙박스에는 외눈이 박혀 있지.
비행기에도 승용차에도
골목길에도 빌딩 계단에도
초롱초롱 딴눈은 살아 있지.
모두 남의눈을 피할 수 없지.
촘촘한 그물눈에 불이 켜져 있지.
사람은 두 눈으로 태어나지만
이제 천수천안관세음으로 살지.
인형에 눈알이 반짝이듯
구석구석 딴눈들을 달아놓았지.
하느님도 부처님도 그만 쉬시라고
성전에도 딴눈이 돌아가지.
이제 마음속 눈동자는
검은 관에 갇혀버렸지.

땅강아지

흙밥을 떼어내고
땅을 파고 들어가면
금방 집이 생기는 애들이 좋다.
흙기둥에 흙구들이 좋다.
조금만 파고 들어가서
환한 공부방을 만드는 애들이 좋다.
옆으로 길게 뚫고 들어가서
흙이불 덮고 자는 애들이 좋다.

어두워지기 전에 놀러와.
우리집은 언제나 저녁이야.
네가 들어오는 곳이 대문이야.
네가 흙내음에 꽃향기를 몰고 오면
난 소꿉놀이 흙장난을 준비할게.
쉿! 조용히 해. 옆방에서
이모가 신부 화장 중이야.

지렁이 꽁무니 따라
땅땅거리며 땅굴소풍 다니는
내 흙손이 좋다.

땅거미

땅굴 속처럼
어두워지는 때를 땅거미라고 말하지.
땅거미가 밀려온다는 말은
시나브로 땅덩어리만한 검은 거미가 쳐들어와서
긴 다리털로 밤을 덮어줄 것만 같지.
무시무시한 이 거미가 왜 무섭지 않을까?
땅거미는, 콧구멍으로 밥 짓는 연기를 내뿜으며
일 나가신 엄마 아빠를 모시고 오지.
때론 새 운동화도 사오고
생일 케이크와 꽃다발을 선물하지.
엊그제는 제대하는 삼촌이 땅거미를 몰고 오는데
난 그만 탱크인 줄 알고 경례를 올렸지 뭐야.
태극기라도 있었으면 마구 흔들었겠지.
모두 땅거미를 기다리는 까닭은
땅거미가 사랑하는 사람을 데려오기 때문이지.
그러니까, 어둑어둑해질 때에는 이별하지 마.
땅거미가 콱 덮쳐서 삼켜버릴지도 모르니까.

땅끝마을

땅끝은 없다.
땅은 둥글기 때문이다.
돌아오는 자도, 떠나는 사람도
끝에서 처음으로 가는 것이다.
태초라는 말도 처음이란 말이다.
처음에서 처음으로 가는 것이다.
태초에 빛이 있었다고 과거형으로 말하지만
빛은 언제나 처음이다.
처음을 향할 뿐, 빛의 끝자리는 없다.
땅끝마을에 가면, 거기에 땅처음마을이 있다.
우리는 처음에서 처음으로 간다.
터벅터벅 태초에서 태초로 간다.
첫사랑에서 첫사랑으로 간다.

똥파리

똥파리는
새처럼 둥지를 짓지 않고
새끼를 품지도 않는다.
알을 슬어놓기만 한다.
그런데 가만 보면
늘 손을 비비며 입을 씰룩거린다.
분명 종교가 있어
간절한 기도를 올리는 것 같다.
새의 부리나 파리채 앞에서도
자유와 부활에 대해서.

ㅇ

마음가짐

나무라면,
어떤 열매를 씨로 삼을까.
크고 단단한 것, 때깔 좋고 맛좋은 것,
높이 매달려 바람을 견딘 것, 벌레 먹지 않은 것,
다 좋은 씨지만, 끝내 품고 있어야 할 열매는
땅바닥에 깊이 처박힐 놈이지.
싹이 날 때까지 어둠과 노닐어야지.
추위를 감싸안아야지.
그걸 꿈이라고 하지.
자존심이라고 하지.
상자에 담겨 창고에 갈무리되기 전에
제 가지를 구름판 삼아 훌쩍 뛰어내리겠다는
단단한 믿음이 뿌리를 내리지.
다들 거기서 온 거지.

마음다툼

갈등이라고 하지.
갈은 칡넝쿨이고
등은 등나무덩굴이지.
갈은 왼쪽에서 오른쪽으로
등은 오른쪽에서 왼쪽으로
휘감는 방향이 달라서 한통속이 될 수 없지.
마음이 갈피를 못 잡을 때에는
드세게 싸우도록 기다려야 해.
마음 하나는 틀림없이 나무이고
다른 마음은 회초리 넝쿨이거든.
나무가 우뚝 서면 넝쿨은
뱅글뱅글 상모까지 돌리며
자기 먼저 하늘로 올라가지.
구름 너머까지 꽃향기를 배달하지.
하지만 묵은 나무에 기대지는 마.
갈등은 마음속 새로운 나무 찾기야.
초록 불길은 타오를수록
알통 굵은 나무로 자라지.

말씨

말이 씨가 된다.
우리는 가난하니까
말을 많이 하자.
그러면 씨앗이 막 생기겠지.
어떤 씨는 밥이 되고
어떤 씨는 나무가 되고
어떤 씨는 굵은 이삭을 선물하겠지.
말을 많이 하자.
봄처럼 따뜻한 말을.
뒤뜰은 과수원이 되고
지붕에는 호박이 주렁주렁 열리겠지.
할머니 말은 늙은 호박이 되고
막내 말은 꽃도 안 떨어진 애오이가 되겠지.
새벽 말은 제비부리를 닮은 박꽃으로 피겠지.
잘 다녀오너라. 따뜻한 배웅의 말은
멀리 나가서 처음 만나는 덩굴손을 데려오고
힘들었지. 어깨를 내어주는 말은
별자리를 초롱초롱 펼치겠지.
그러니 눈을 반짝이며
씨가 되는 말을 하자.
슬며시 웃음 봉오리를 꽃받침으로 가리고
볼우물에서 물을 길어주자.
꼬투리가 꼬투리를 잡고 신이 나서

꼬투리를 터뜨리는 말꼬투리를.
이웃들이 빈 자루를 들고 와서
한가득 씨를 받아가는 말을.
호박덩굴처럼 훌쩍 담장을 뛰어넘는 말을.

매꾸러기

응석꾸러기도 아닌데
늦잠꾸러기도 아닌데
심술꾸러기도 아닌데
걱정꾸러기도 아닌데
장난꾸러기도 아닌데
말썽꾸러기도 아닌데
욕심꾸러기도 아닌데

빗자루로 맞았네.
구석구석 비질하는 사람이 되라고요?
파리채로 맞았네.
파리목숨도 소중하게 여기라고요?
부지깽이로 맞았네.
따뜻한 아랫목이 돼주라고요?

맞을 짓 했으니까 맞는 거야.
욕먹을 짓 했으니까 욕먹는 거야.
말도 안 되는 매꾸러기 되었네.
천덕꾸러기 되었네.
지청구꾸러기 되었네.
욕꾸러기 되었네.

눈치꾸러기가 되었네.
의심꾸러기가 되었네.
변덕꾸러기가 되었네.
내숭꾸러기가 되었네.
청승꾸러기가 되었네.
잔말꾸러기가 되었네.
욕 많이 먹으면 오래 산다더니
어느새 나꾸러기가 되었네.

먹구름

우리의 사랑도
수렁 늪처럼 깊어지겠지요.
흠씬 빠지겠지요.
늪은 악어가 먼저지요.
악어의 눈물이 반짝이지요.

우리의 이별도
소나기처럼 갑작스럽겠지요.
흠씬 젖겠지요.
소나기는 먹구름이 먼저지요.
이별의 먹구름이 몰려오지요.

검정 우비를 입고
검정 우산을 쓰겠지요.
밤비가 내리겠지요.
검은 늪에 검은 악어가 울겠지요.
검은 눈물을 흘리겠지요.

먹장가슴

비닐하우스 귤 껍질에는
바람의 문장이 없습니다.
곶감의 얼굴에는 상처의 무늬가 없습니다.
흉터가 깎여나갔기 때문입니다.
감꽃 목걸이의 설렘도 아득합니다.
유채꽃 노랑 저고리를 사랑하던 마음도 잊었습니다.
하지만, 새콤한 귤 속에 어찌 땀과 눈물이 없겠습니까?
귤나무의 안타까움과 귤 따는 이의 괴로움이 없겠습니까?
곶감의 백분 속에 어찌 달콤함만 있겠습니까?
처마 밑 곶감이 발간 꽃그늘 같다 하여서
어찌 토방에 쭈그려앉은 한숨 소리를 모르겠습니까?
푸른 하늘이 설움의 깊이라는 것,
끝까지 먹장가슴을 노래하겠습니다.
새살이 돋을 때까지 붕대를 펼치겠습니다.
늙은 감나무의 먹장가슴이 서리서리 등불을 켭니다.
별빛 돋보기를 우러르겠습니다.

먼눈

애국 조회 때
한눈팔던
그 흐린 군눈들이
언 운동장에 봄을 데려온다.

수업시간
먼눈 보던
그 한숨 소리가
창밖 목련 봉오리를 열어젖힌다.

시간마다 딴눈 두던
그 흐린 눈동자들이
산봉우리에서 지평선을 꺼내고
바다도 없는 나라에서 수평선을 긋는다.

먼발치

먼발치가 좋다.
먼발치에서 불어오는 봄바람이 좋다.
먼빛으로도 알아볼 수 있는 설렘이 좋다.
먼발치 저 무지개는 누구의 뒤꿈치일까.
먼발치에 밀쳐놓은 연애편지가 좋다.
떠나는 기차인지 다가오는 기적 소리인지 모를
먼발치의 그대가 좋다.
내 목소리가 닿지 않아 소리칠 일 없는,
막 새순이 트는 우듬지의 손짓이 좋다.
달빛에 야위었는지, 눈물이랑은 다 말랐는지,
마음 졸임을 들키지 않는 먼발치가 좋다.
내 맘대로 그릴 수 있는 먼빛이 좋다.
먼발치에서 우는 소쩍새 울음이 좋다.
손 까부르면 달려갈 마음의 끝자리,
기척만으로도 바짓가랑이가 젖는
먼발치 새벽 어스름이 좋다.

메밀꽃

세계지도를 그린다.
연필이 빗나갈 때마다
몇 겹으로 덧칠해서 그렸다.
물너울이 일었다.
연필이 지나는 곳마다
거품꽃이 피었다.
세계지도를 그리는 일은
바닷가 물보라를 그리는 일이다.
메밀꽃을 피우는 일이다.
칫솔질할 때마다
내 입이 세계지도 같았다.
입술에 흰 파도가 쳤다.
내 가슴에 용암이 들끓었다.
파도처럼 부서지자.
메밀꽃처럼 새하얗게 피어나자.
세계지도를 그린다.
강강술래, 바닷가를 따라
메밀꽃이 핀다.

멸치똥

머리 떼고
똥 빼고 뭐 남느냐고?
한꺼번에 몇 천 개
알을 낳는 멸치의 아기주머니를
똥주머니라고 부르지 마.
바닷물 한 방울도
멸치 뱃속에서 추위와 거품을 토닥이지 않은
파도의 알은 없으니까.
똥이라니? 네 뱃속, 간 심장 허파 쓸개 창자
애기집을 다 똥이라고 하면
넌 화장실 변기에 손을 얹고 생각하니?
당신을 보는 순간 똥주머니가 뛰었어요!
그렇게 사랑을 고백할래?
멸치는 똥이 없어.
그물에서 똥 빠지게 몸부림쳤거든.
마지막 한 방울까지 눈물처럼 내쏟았거든.

물갈퀴

물고기 지느러미가 살랑대면
호수는 간지러워 몸을 비트네.
아니 아니, 거기 거기, 시원하다!
바람이 호수의 등짝을 후려치네.
사타구니나 발가락 사이는
천둥오리들이 물갈퀴로 긁어주네.
머리를 박고 호수 밑바닥까지 쪼아주고 나오네.
물고기가 간지럼 태우지 않는 호수엔
외다리 물갈퀴도 없네.
냉동 통조림처럼, 깡깡
숨구멍도 없이 얼어붙은 호수는
썰매 날이 대신 쇠갈퀴질을 하네.

물걸레

걸레는 만들어 써야지.
유리창 걸레는 동생 속옷으로 꿰매야지.
마음의 창이 맑으니까 얼마나 잘 닦이겠니?
물걸레는 낡은 수건이 으뜸이지.
할머니 골진 얼굴부터 막내 엉덩이까지
온 식구들의 머리부터 발가락까지 닦았는데
교실 바닥이나 칠판쯤이야 빛이 나겠지.
네 개 만들었으니 하나는 여자친구에게 선물하고
다른 하나로는 아버지 구두를 닦아드려라.
그리고 마지막 하나는 잘 두었다가
면접 보는 날 네 신발을 닦아라.
걸레통으로는 어떤 게 좋을까?
마당가에 뒹구는 개밥그릇이 어떨까?
복실이가 두 해 넘게 혀로 닦았으니
걸레통으로 맞춤하지 않을까?
복실이에겐 새 밥그릇을 선물해주고.

물똥싸움

상대편에게 손이나 발로
물을 끼얹는 놀이를 물똥싸움이라고 하지.
숨이 차서 입을 벌리면 흙탕물을 마시지.
견딜 수 없어 물러나면 지는 거지.
물고기들도 몽땅 숨어버리거나 달아나지.
냇둑에 앉아 해바라기를 하면
살갗에 피어나던 하얀 메밀꽃들.
똥물처럼 더러울수록 이기기 쉽겠지.
바닥을 마구 휘저으며 물똥싸움을 하지.
다음날 물밑을 들여다보면
돌의 얼굴이 뽀얗게 반짝이지.
우리가 돌의 땟물을 마신 거야?
우리가 신나게 놀아야
지구가 살아난다니까.

물수제비

물낯을 통, 통, 통, 통, 튕기는
작은 돌은 수제비처럼 납작하지.
물낯에 꽃봉오리를 치네.
제비가 냇물 목욕하며 날 때처럼
단숨에 그린 발바닥 꽃이여.
꽃 대궁은 물속에 숨기고
송이송이 흰 꽃만 피워내네.
피는 순간 물꽃은 사라지고
동글동글 향기만 퍼져나가네.
물속 깜깜한 집으로 돌아간 꼬마 화가
작은 돌멩이 모자를 썼네.

물안개

언저리는 애틋하다.
눈보다는 눈 언저리가
입술보다는 입술 언저리가
달보다 달 언저리가
오랜만에 돌아오는
고향집보다 마을 언저리가
설보다 설 언저리가
사랑보다는 사랑 언저리가
스무 살보다는 스무 살 언저리가
이별보다는 이별 언저리가
기억보다는 추억 언저리가
꽃 언저리를 나는 나비처럼
강 언저리 물안개처럼
광배처럼 후광처럼
이별 뒤에도 언저리에
죽음 뒤에도 언저리에
세상 모든 것의 언저리인 너는.

물알

아직 여물지 않은
낟알을 물알이라고 해.
물기가 많아 말랑말랑하지.
논밭은 참 커다란 둥우리야.
농부보다 알을 많이 낳는
어미 새는 없을 거야.
물알이 부화하면 밥알이 되지.
밥알이 모여서 알통이 되는 거야.
끝내 가슴에 뿌리내린 씨눈은
배짱 좋은 배알이 되지.
바닷물도 구름도 웅덩이도
단비도 눈사람도 꿈은 한가지야.
끝내 젖빛 물알이 되는 거지.
우리의 꿈이 밀알인 것처럼.

물음표

지구본에서
둥근 지구를 빼냈더니,

가운데를 가로지르는 느낌표와
빙글빙글 커다란 물음표가 나오더군.

느낌은 빠르고
물음은 더디더군.

물음표는
지구를 반 바퀴 돌다가
떨어지는 물 한 방울

느낌표는
지구를 단숨에 꿰뚫고
내뿜는 불 한 모금

물음과 느낌이 하나더군.
물과 불이 하나더군.

물집

새 구두를 신고
산으로 현장체험학습을 다녀왔다.
뒤꿈치에 집이 네 채나 생겼다.
발바닥에 다가구주택이 들어섰다.
눈망울이든지, 논이든지, 호수든지
백두산 천지든지, 바다든지
물은 집에서 나와 집으로 간다.
내 발에 물집이 생겼다.
이 물방울은 산꼭대기에서
왜 고린내 나는 내 발로 이사왔을까?
고집부리더니 물집 생겼구나!
엄마가 바늘로 창을 내고
밴드로 지붕 개량을 해주었다.

물회오리

운명은
곁에서 품으로
빠르게 돈다.

몸통을 꽉 채운
텅 빈 기둥

발바닥을 녹이고
용암이 솟구쳐오른다.

뚜껑 열린 정수리로
은하수가 쏟아져내린다.

사랑은
곁에서 품으로 파고든다.
몸통이 통째로 용오름이 된다.

미끄럼틀

코끼리는
코가 손이래요?

손만 길면 무얼 해요?
코딱지도 못 파내는 코끼리

손가락은 어디 있나요?
귓밥도 못 파내는 코끼리

콧물만 신이 나죠.
긴 코는 콧물 미끄럼틀

내 코가 석 자다!
큰 귀로 부채질만 해요.

미닫이문

두 짝이
가운데에서 만나야
꼭 닫히는 미닫이문이 있다.
한 짝은 좌에서 우로 가면 열린다.
다른 한 짝은 좌에서 우로 가면 닫힌다.
미닫이문 안쪽에 있느냐
밖에 있느냐에 따라 또 뒤바뀐다.
내 한몸 들고나는 것은
좌우 한 쪽만으로도 괜찮다.
하지만 방고래를 뜯거나
농짝이라도 들일라치면
미닫이문 두 짝을 다 열어젖히거나
아예 떼어버려야 한다.
방안 가득 큰 숨 들이마시려면
시름 가득한 낯빛으로 혁명을 감행한다.
좌우 합작이나 결별의 서약을
드르륵, 한 줄 밑줄로 끝낸다.
어둠을 밀고 들어가본 자의, 용기다.

미운털

면도날로도 깎을 수 없어요 미운털은
미운 사람에게서 자란 털이 아니거든요
미워하는 사람의 가시눈에서 솟구친 눈엣가시거든요
사랑만이 미운털을 뽑아낼 수 있죠
마음 깊은 곳에 숨어 자라지만 다 들켜버리는
쐐기털이지요 무서운 끈끈이털이지요

ㅂ

바늘구멍

낙타가 바늘구멍으로 들어가려면
먼저 낙타 털 한 개 속으로 들어가야 해
착한 낙타만이 죽어서 낙타 털만한 실오라기가 된대
하느님이 그 실로 낙타가 바라는 것을 수놓고는
후— 생명을 불어넣어준대
어떤 낙타는 또 낙타가 되고
어떤 낙타는 모래가 되고
어떤 낙타는 바람이 되고
어떤 낙타는 낙타 등에 올라탈 짐짝이 되고
어떤 낙타는 채찍을 휘두르는 사람이 되고
어떤 낙타는 오아시스가 되지
어떤 착한 낙타가 우릴 만들었을까
우리도 바늘구멍에 들어갈 수 있을까

반쪽

콩이 왜 반으로 쪼개진 걸까?
콩 한 알도 나눠 먹으란 걸까?

콩이 주름진 첫 잎을 펼쳐
맨 처음 바람을 맞을 때
뿌리가 아직 땅을 움켜잡지 못해
다시 콩알로 돌아가려고 고개 저을 때

콩알은 작은 몸을 날개처럼 펼쳐
주춧돌이 되어주지.
두 손이 되어주지.
두 발이 되어주지.

너는 콩이야.
땅맛, 햇살맛을 보기 전에
오직 콩맛만을 내어주지.
그때부터 달도 해도
콩으로만 보이지.
콩 생각뿐이지.

발등

천리를 걸어온 발바닥에게
발등이 말합니다.

힘든 거 알아.
네가 힘들수록 내가 부어오르거든.

천리를 더 걸어가야 할 발바닥이
발등에게 말합니다.

믿었던 사람에게
발등이나 찍히지 마.
네가 찔리면 나도 아프거든.

발등에 불이 떨어지면
불땀이 나는 건 발바닥이야.
부탁이야. 제발 멍청하게
제 발등 찍지 좀 마.

발등이 멋쩍게
엄지발가락으로 상처를 덮습니다.

네가 밤길 헤맬까봐
등불을 켠 거야.

밤동무

어스름밤부터
희부옇게 밝아오는 까치밤까지
하룻밤 책과 밤동무를 했어요.
밤바람 소리를 밤손님으로 알고 놀라기도 했지요.
밤노을이나 은하수와 밤동무하며 걸으면
긴긴밤 누구나 훌쩍 자라는 것 같지요.

밤그림자는 도대체
망설임도 무서움도 모르죠.
까치머리는 도깨비 뿔로 바꾸고
눈만 빼꼼 내민 보자기는 사자 머리로 만들지요.
노래는 또 얼마나 잘 부르는지
밤물결이며 밤이슬이 반짝반짝 손뼉을 쳐요.
밤그림자는 험한 산도 밤안개처럼 단숨에 넘어요.

책을 읽다가 밖으로 나와 밤공기를 마셨어요.
검은 자루 속에서 한몸으로 껴안고 있다가
한꺼번에 가슴을 지나 발끝까지 빨려들었지요.
반딧불과 도깨비불도 딸려들어왔지요.

밤동무가 까치밤을 맞아 어딘가로 떠나도
무서울 게 없지요. 이제 마음이 커진 만큼 기지개를 켜요.
몸은 자라는 게 아니라 부풀어오르지요.
속 깊은 노래주머니와 울음주머니를
밤동무한테 선물받았으니까요.

밤손님

손님이란
찾아온 사람의 높임말이지요.
사랑손님, 백년손님, 단골손님.

병도 이겨낼 수만 있다면
나를 튼튼하게 이끄는
큰 손님이지요.

천연두는 손님마마.
마맛자국은 손님자국.
볼거리는 항아리손님.
홍역은 녹두손님, 작은손님.

용기 내어 말하세요!
벙어리손님.

얼마나 힘드시면
가난한 우리집을 방문하셨나요?
도둑이야! 밤손님.

밥맛

호박은
호박 같은 얼굴이라고
무시하는 사람이 싫다
호박죽은 좋아하면서

돼지는
돼지 같은 놈이라고
욕하는 사람이 싫다
삼겹살은 좋아하면서

밥통은
밥통 같은 놈!
너는 밥맛이야!
깔보는 사람이 싫다

자다가 일어나
밥통 끌어안고
허겁지겁 퍼먹으면서

밥심

이 할미가
아비를 낳을 때
얼마나 힘에 부치던지
미역국에 밥 한 그릇 뚝딱 말아 먹고
몸을 풀었단다.
굶지 마라.
먹는 게 제일 큰일이다.
하루 세 번, 꼬박꼬박
일을 크게 저질러라.

배꼽시계

출생 기념으로
하느님이 주신 선물이지요.
정말 소중한 것이라서
뱃속 깊은 데다 채워주셨지요.
죽을 때까지 그 누구도
풀어볼 수 없어요.

배밀이

배밀이, 다음에는 기기,
앉기, 붙잡고 일어나기.
배밀이로 다가오는 아기는
우주가 안기는 것 같지.
강은 배밀이로 바다로 가지.
바다는 배밀이로 파도놀이를 하지.
물고기는 배밀이로 물살에 간지럼을 태우지.
바람은 배밀이로 나뭇잎과 춤을 추지.
구름은 배밀이로 햇살을 업고 놀지.
한주먹의 눈이 배밀이로 눈사람이 되지.
홍두깨는 배밀이로 밥상을 차리지.
은하수는 배밀이로 다리를 놓지.
머리와 두 다리로 허공을 짚고
아기는 배밀이로 잘린 탯줄을 문지르지.
엄마 뱃속에서도 무언가가 벅차게 배밀이를 하지.
태초의 물방울이 배밀이를 시작하지.

백합조개

깜짝이야.
개펄에서 아침 먹다가 혀를 깨물었어.
바삐 놀러 나가다가
문틈에 옷자락이나 손가락이 끼듯.

서두르지 마.
바다가 몽땅 밥그릇이듯
세상이 모두 놀이터니까.
모래 한 알도 친구니까.
바다놀이 나갈까.

별꼴

땅의 살붙이는 풀이다.
땅의 피붙이는 나무다.
지구는 씨가 먹힌다.
씨가 먹히는 별이다.
풀씨 하나가 별을 통째로 먹는다.
한 톨 열매가 별을 다 먹으려고
초록빛 불혀를 밝힌다.
한밤에도 뿌리와 잎과 꽃이
별의별 이야기를 다 먹는다.
사람도 씨가 먹히는 사람이 좋다.
솜씨는 씨가 먹히는 별손이다.
말씨는 씨가 먹히는 별말이다.
글씨는 씨가 먹히는 별글이다.
맵시는 씨가 먹히는 별꼴이다.
네 이름 뒤에 씨를 붙이는 까닭은
별의별 중에 별꼴이기 때문이다.
별 중의 별로 씨가 먹히기 때문이다.
별꼴이야. 별처럼 놀란 눈으로
함께 숲이 되고 싶기 때문이다.

별똥

별도 엉덩이를 까고 똥을 누겠지.
별의 작은 엉덩이를 보고 싶다.

별똥에게 기도하면 이뤄진다는데
늘 말이 끝나기 전에 사라진다.

똥에게 기도하는 마음이 어둠을 밝힌다.
별똥교는 외워야 할 책도 헌금도 없다.

똥을 기다리는 눈빛이 별이다.
그대 기도가 별똥별이다.
그대 입술이 별의 엉덩이다.

별바다

가슴속 깊은 바다가
어깨울음 되었네 눈물바다
괜찮아 괜찮아
함께 울어주네 울음바다
홀로 홀로 다 같이
따로 따로 모두 함께
울긋불긋 피며 지며 꽃바다
산호초등학교 전교생이
한꺼번에 등산을 왔구나 나무바다
이파리마다 조각 파도
날치떼가 되었네 숲바다
흰돌고래도 떼지어 나는구나 구름바다
열대어들이 비늘을 뽑아
선물을 보내왔구나 불빛바다
날갯짓이 빛나는 야행성 물고기떼 별바다
괜찮아 괜찮아 따로 따로 모두 함께
낟알마다 먼바다 출렁인다네 이삭바다
눈물이 터질 때까지 함께
어깨춤이 철썩철썩 웃음바다

별바라기

언제 처음 별을 보았나
젖배 곯던 우멍눈으로 보았나
불장난하다 외양간 태운 날
쫓겨나 개구리 울음주머니에 비친 별빛을 보았나
그을린 암소 울음에 잠 못 이루다 보았나
눈물 머금은 별은 술빵처럼 부풀어올랐지
그렁그렁 멀건 미음 솥아 있는 별
밀짚 방석에 누워 거미줄로 별자리를 나누곤 했지
거미 뱃속에다 아기별을 키우며
별의 목젖에 박꽃 한 다발씩 물려주고 싶었지
들일 마치고 오다가 수수 이삭으로 은하수를 쓸어 담았지
한 자루 긁어모아 은행에다 적금을 붓고 싶었지
별자리 하나 골라 새 이름표를 붙여 오란 숙제에
밟고 있는 지구별에다 우리집 문패를 달았지 그러면
과수원도 장터 국밥집도 우리 것이 되기 때문이었지
겨울밤 마루 끝에 서서 오줌 누다가
까치밥 쪼아먹는 거지별도 보았지
첫사랑이 찾아온 뒤에야 나는 알았지
사랑에 빠진 세상 모든 눈망울들이 별을 닦는다는 것을
까치밥 붉은 볼이 별이 되어 반짝이는 까닭을
아, 나는 언제 별의 눈을 닫아버렸나
별 볼 일 없어지자 마음은 누에똥처럼 깜깜해졌지
하늘 경전도 통째로 문을 걸어 잠갔지

병아리눈물

병아리가
병아리눈물만큼 울었다.

무서워라.
숯불 같은 독수리의 목구멍.

보릿고개

지도에도 없는 고개란다.
사자나 호랑이보다도
무시무시한 동물이 숨어 산단다.
아지랑이처럼 봄에 나타났다가
보리 이삭 여물 때쯤 사라지지.
보릿고개 넘고 보니 감잣고개,
사람이 만든 헐떡고개란다.

보조개

네 볼에서는
바다 향기가 나.
나는 조개 내음이 좋아.

캐스터네츠처럼
입을 크게 벌리고 웃는
네가 좋아.

입안 가득
눈부신 진주가 좋아.

볼멘소리

볼 안에 한가득
무엇을 다물고 있나요.

감나무 밑에 누워
감 떨어지기만 바라다가
잠든 사이에 홍시에 맞았나요.

이제야 겨우
꽃잎 펼칠 차례인데
밤새 된서리 맞았나요.

모래 닷 말을
이가 닳도록 부숴서
밥풀 한 알 얻었나요.

재갈 물린 채
달빛 내린 자갈밭을 씹으며
채찍을 맞고 있나요.

목마른 목젖에
끓는 주전자가
통째로 처박혔나요.

아니라면,
그게 아니라면, 웃음꽃
이야기꽃에 꿀벌을 품어요.

감나무 밑에서 일어나요.
달빛 반짝이는 홍시처럼
부끄러움까지 서로 나눠요.

봄바람

식은 재 한 삼태기,
불 아궁이를 지나왔나요.
오늘은 호박 심는 날
봄바람이 따뜻하네요.
똥 웅덩이에 코를 대보고
거름 웅덩이에 손을 넣어보네요.
호박 모종 심을 웅덩이는
알맞은 깊이와 넓이인지
물은 충분히 스몄는지
실눈 뜨고 살펴본 봄바람이
내 귓불에 대고 속삭이네요.
장마에 물웅덩이에 빠지지 말고
술 취해 똥구덩이에 빠지지 마세요.
가을걷이에 빚더미에 빠지지 말고
아흔 살 전에는 절대로
무덤 웅덩이에 빠지지 말아요.
귀엽게 호박씨를 까네요.
볼우물 씰룩댈 때마다
거름 냄새가 피어나네요.
오늘은 호박 심는 날
두근두근 봄바람이 나네요.

봄밤

십만 평,
저 개구리 울음소리

달빛 타작,
개구리 학교 시창작시간

맨 처음 고백은
울음을 멈췄을까
퇴고를 마쳤을까

불날개

불에 익힌 뒤
고추장 발라 한번 더 굽는다.
닭은 얼마나 뜨거울까.
야식집에서 날아온 불날개는
머리와 발과 몸통이 없네.
놀란 눈은 머리만 챙겨서 달아났겠지.
걸음아 나 살려라.
닭발은 발맞춰 달아났겠지.
몸통은 냉장고에 갇혔겠지.
꿈속에, 내 날개 내놔라.
닭발이 뛰어오면 어떡하지.
닭대가리가 절레절레 달려들면
어떡하지. 그냥 오줌을 싸버릴까.

불땀

불길이 센 장작을
불땀이 좋다고 한다.
나무는 언제나 햇살 쪽에 머리를 둔다.
나무가 통째로 쓰러질 때에도
장작으로 쪼개질 때 도끼를 받는 곳도
나이테 사이가 넓은 불땀머리다.
불땀머리는 응달과 눈보라를 앙다물며
나무의 북쪽이 만들어준 거다.
물과 거름과 햇살을 그러모으라고
힘을 모아준 거다.
북쪽에 바람벽이 버티고 있어야
남쪽으로 나뭇잎 창을 내는 거다.
방고래로 기어가든, 고깔불로 타오르든,
지금은 둥글고 넓은 불땀머리를 위하여
봄바람의 휘파람에 박수를 칠 때.

불땀머리

나이테 촘촘한
응달 쪽은 더디게 탄다.
불땀이 좋은 불땀머리는
불혀 휘두르며 하늘로 가고
응달 쪽은 옹이를 품은 채 숯불로 남는다.
하지만, 불땀머리를 찾기 어려운 나무가
장작으로도 기둥으로도 최고다.
불땀머리가 뿌리 쪽 어둠과 북쪽 그늘을 당겨
짱짱한 균형을 맞췄기 때문이다.
중심을 잘 잡았기 때문이다.
불땀머리를 찾을 수 없는 나무도
불땀머리가 넓은 나무도 다 옳다.
나무는 언제나 옳다.

불똥

매운 똥이 아니다.
곁불이나 쬐는 가난한 사람들
홑바지에 구멍을 내는 심술 불똥이다.
착한 사람만 찾아내서
마음에 불을 지르는 고약한 똥불이다.
나한테만 자꾸 불똥이 튄다면
내 마음이 삶은 호박 같기 때문이다.
새우 등에 박힌 검은 점을 보아라.
고래 싸움에 불똥이 박힌 것이다.
천사의 옷에도 작은 불구멍 숭숭하다.
눈송이를 껴안는 장작불처럼
날아온 불똥이 다시 튕겨나가지 않도록
품어주면 된다. 불똥으로
마음을 담금질하면 된다.

붉은귀거북

싸움꾼 전갈이
귀뺨이 붉은 붉은귀거북을 만났어요.
너 누구한테 뺨 맞았니?

사랑에 빠진 붉은뺨멧새가
볼이 달아오른 붉은귀거북을 만났어요.
너 누구랑 연애하니?

붓방아

글쓰는 작가들은
방아질을 잘하지요.
방앗간을 하나씩 갖고 있어요.
원고지는 칸칸 논밭이지요.
펜촉으로 쟁기질부터 해야 하는데
언제나 하얀 눈이 수북하지요.
옛 사람들이라고 달랐겠어요.
흰 종이에 붓방아질만 해댔죠.
먹물이 까막눈으로 번졌지요.
그 검은 종이를 구겨버리면
까마귀가 푸드덕 날아올랐죠.
땅만 엄청 많으면 무엇해요.
얼음눈은 좀체 녹지 않고
까마귀만 주저앉아 있으니 말이에요.
방앗간 참새들도 약 올리듯
부리방아만 찧네요.

붕어빵

붕어를 살려보려고
호호, 인공호흡을 했다.
끝내 살아나지 않아서
눈 딱 감고 해부를 했다.
김이 모락모락 났다.
죽은 이유가 밝혀졌다.
달콤한 팥만 편식한데다
과식했기 때문이었다.
호호, 내가 대신
소화시켜줬다.

비꽃

비가 내리기 시작할 때
한 방울 한 방울 성글게 떨어지는 걸
비꽃이라 부르지요.
구름꽃이 땅바닥에 그리는
물방울꽃이지요.
구름 화가는 머리부터 발끝까지
모두 물로 되어 있어요.
손도 물이고, 똥도 물똥만 싸요.
방귀 소리는 얼마나 큰지
하늘도 번쩍번쩍 놀랄 때 많아요.
구름 화가는 온몸이 붓인데요,
붓대도 붓털도 물로 만들어요.
참 신기하죠. 조금 기다려봐요.
안마당과 세숫대야와 지붕에
빠른 붓질로 비꽃을 피울 거예요.
수많은 물붓을 언제 모았을까요.
빗물 웅덩이는 꽃주머니예요.
냇물이 엄청 불어났군요.
꽃잎이 흥얼흥얼 노랠 부르며
바다꽃주머니로 흘러가요.

비단구름

고치주름살은
희고 매끄러운
비단실이 되지.
그건, 안을 키우기 때문이지.

나이들수록
마음 주름만은
고치처럼 윤이 나지.
그래야, 죽어 날개를 달지.

빗맛

혀로 느끼네, 단맛
마음까지 당기네, 감칠맛
아지랑이 피어나네, 봄맛
눈이 좋아하네, 눈맛
읽고 또 읽고, 글맛
입에 꽃이 피어나네, 말맛
귀가 쫑긋해지네, 귀맛
요리와 낚시는 즐거워라, 손맛
찰싹! 에고 아파라, 된맛
오랜 가뭄에
마른 흙과 뿌리와 이파리가
쩝쩝, 쪽쪽, 팔랑팔랑, 빗맛
이제야 힘이 솟네, 거름맛
풀 나무 살아나니
시름맛은 도랑 따라 흘러가고
밥맛이 돌아오네.
살맛이 살아나네.

빨랫줄

빨랫줄은 얼마큼 굵으면 될까요?
—네가 오줌 싼 이불을 버틸 만한 힘줄이면 되지.

전봇대는 얼마큼 굵으면 될까요?
—네가 오줌 쌀 때, 고추를 감출 만한 굵기면 되지.

철로는 얼마큼 굵으면 될까요?
—네가 엿 바꿔 먹으려 할 때, 둘러멜 수 없는 무게면 되지.

빵봉지

개미는 빵 덩어리보다
빵 부스러기가 좋다.
비바람 막아주고
바스락 바스락, 록 음악이 좋은
빵봉지 분식집이 좋다.
보기 좋은 빵이 맛도 좋은 게 아니라
먹기 좋은 빵 부스러기가 보기에도 좋다.
빵 부스러기가 떨어지면
빵봉지 분식집은
햇살 가득 찜질방이 된다.

ㅅ

사람멀미

삶이라는 열차를 타고
먼 길 가다보면
때론 멀미가 나지.
나만 입석인가?
반대 방향으로 가는 거 아냐?
갈수록 짐은 무거워지고
구두 속 발가락은 이상한 짐승으로 자라지.
함께 떠나온 사람도 뿔뿔이 흩어지고
낯선 말소리에 외롭기도 하지.
굴속처럼 깜깜하기도 하지.
하지만, 이것만은 마음에 새기자.
너를 이정표로 삼고 여행하는 사람이 있다는 것을.
네가 다른 지도를 찾아 두리번거린다면
차멀미가 사람멀미로 바뀐다는 것을.
사람이 싫어지고, 싫어하면
이번 여행은 끝이란 것을.

사슴뿔

어린 사슴은
제 뿔을 옹달샘에 비춰보며
봉우리가 자란다, 기뻐하고

늙은 사슴은
제 뿔을 계곡물에 비춰보며
골짜기가 깊다, 한숨짓네.

사이시옷

시인은 시옷을 좋아해.
사이시옷을 가장 좋아해.
시 읽기는 사이시옷 찾기야.
시 쓰기는 사이시옷 숨기기야.

별은 사이시옷 꼴로 빛이 나고
고슴도치는 사이시옷으로 옷을 깁지.
나뭇가지는 사이시옷으로 새잎을 품고
생강 연어는 끊임없이 사이시옷을 타고 올라가지.
오이 넝쿨은 사이시옷으로 새순을 틔우고
사이시옷으로 덩굴손을 건네지.

사랑도 사이시옷 만들기야.
사이시옷은 사람과 닮은꼴이지.
풋사랑에서 하나를 만들고
첫사랑에서 억만 개를 감싸 안지.
사랑은 끝없이 언제나 첫사랑이니까.
손깍지 속에는 사이시옷이 몇 개나 될까.
사랑하면 다 시인이 되지.
시인은 세상 모든 사이시옷과
손깍지를 끼는 사람이니까.

새도 사이시옷에 둥우리를 틀고

시옷 부리로 노래 부르지.
사이시옷 솜털로 알을 품지.
사이시옷 발가락으로 첫울음을 굴리지.

사이짓기

고추밭 두둑 사이 이랑에
완두콩을 심어 의지가지를 만들어주는 것같이
담배밭 두둑 사이 이랑에
들깨 모종을 심어 향기를 나누는 것같이

콩밭에 키 큰 참깨나 옥수수를 심어 햇살을 나누는 것같이
키 작은 열무에게 그늘을 보태주는 것같이

구름과 구름 사이로 빛이 자라는 것같이
슬픔과 슬픔 사이로 아침 창이 밝아오는 것같이
기쁨과 기쁨 사이로 사슴의 눈망울이 떠오르는 것같이
사이와 사이가 사이좋게 만나고 헤어지는 것같이
그래서 사이의 손깍지가 더 뜨거워지는 것같이

사이가 사이를 잃고
끝내 틈을 잃어서 사막이 되지 않도록
슬픔이 말라붙어서 눈물자국마저 희미해지지 않도록
기쁨이 너무 커서 여치의 날갯소리가 웃음에 묻히지 않도록

눈 깜짝할 사이에도 눈물을 나누는 사이짓기를
들숨과 날숨처럼 사이좋게 사이짓기를

사자고추

노랑 사자,
빨강 사자,
초록 사자들.
털이 한 올도 없어.
아삭아삭 맛있게 울지.
사자고추는 피망의 우리말이야.
사자고추란 이름을
누가 맨 처음 붙였을까?
동시를 쓰는 사람이겠지.
료리사일 수도 있겠다. 그치?
북쪽에 만나고 싶은 벗이 또 생겼어.
사자를 보면 사자고추가 떠올라.
사자고추를 흔들며 사자춤놀이를 하지.
그 친구를 만나면 진짜로 사자춤을 출 거야.
함경도 북청놀이 사자춤과
황해도 봉산 사자춤을 본 적 있거든.
아사삭 아사삭, 사자고추의
추임새가 참 좋아.

산더미

맑은 날도 있고
궂은 날도 있어야

하늘을 우러르고
바람을 만져보지.

밤과 낮이 있고
새싹과 낙엽 태우는 향이 있지.

사노라면, 일거리가
밤바다 눈보라처럼 몰려올 거야.

일머리를 깨치면
꽝꽝나무 이파리처럼 작고 눈부신 축복이지.

내 일이 산더미라야
내일이 반갑지.

새끼갈매기

바닷빛의
검푸른 솜털 벗고
양쪽 날개에
구름 빛깔 흰 깃이 돋았다.

하얀 구름 속으로
으라차차!

백지장도 맞들면, 난다!

새털구름

비행기가
동아줄 똥을 싸놓았다.

먼 길 떠나는 기러기떼
그 똥줄에 앉아 쉬어 가라고

오래 머물다 잠들면 어떡해.
자다가 별똥에 맞으면 어떡해.

기러기떼 오기 전에
새털구름이 다 가져갔다.

새해맞이

가장 높이 떠 있는 새털구름,
그 깃털 위에 그림자를 내려놓는 새처럼

날자. 날자. 날아오르자.

샘주머니

샘물이 고인 우물을
샘주머니라고 부르지요.
샘주머니는 구멍이 날수록 좋아요.
샘구멍은 샘물이 솟구치는 곳이거든요.
가슴에도 머리에도 손바닥에도
샘주머니를 만들고 샘구멍을 열어요.
샘솟는 꾀주머니에 창문을 내요.
볼우물 가득 웃음주머니를 펼쳐요.
샘주머니는 복주머니지요.
퍼낼수록 샘구멍이 커지는

생김새

얼굴 생김새를 골표라고 한다.
죽어도 사라지지 않는
머리뼈로 생김새를 말한다.
얼굴이 아니라 생각의 꼴을 본다.
희지 않은 뼈 없으니 모두 백합꽃이다.
'힘든 일 있니'라는 인사말은
골치 아픈 머릿속을 걱정하는 말이다.
무심코 던지는 '골 때린다'는 말이
얼마나 짓밟는 비아냥인지
머리를 긁적이며 생각한다.
내 골표는 사뭇 삐뚤어졌다.
골표는 마음 통이다. 죽은 다음에
더 희고 깨끗해진다.

생트집

닭과 오리를 묻으려고 굴착기로 팠더니
수천수만 개의 소뼈와 돼지뼈가 나왔다는구나.
이 땅이 온통 생트집이고 고름집이구나.
꽃상여는 상엿집에 가서 꽃단장이나 마저 마치렴.
바늘아, 천사의 바늘집에서 이제 그만 뛰쳐나오렴.
독주머니와 빚주머니와 고생주머니를 꿰매야겠다.
고집 그만 피우고 총은 총집으로
칼은 칼집으로 돌아가서 녹물 목욕을 하렴.
칼은 총집으로 총은 칼집으로 남의집살이도 하렴.
총칼을 다 녹여서 꽃집으로 보내야겠구나.
이제 그만 어두워지는 집으로 돌아가자꾸나.
총에 녹용처럼 붙어 있던 가늠쇠와 가늠자는
동그란 안경이 되어 돋보기집으로 가자꾸나.
하늘아, 생트집 좀 그만 부리렴.

서리병아리

에고, 발 시려라.
알을 깨고 병아리가 나왔어요.
이른 추위가 서리병아리
깃털 속에 다 숨었어요.
겨울도 오자마자
서리병아리 날갯죽지로 파고들었어요.
어미닭이 병아리를 품어요.
삐약거리는 겨울을 품어요.
두세 달 지나면
서리병아리들의 힘센 발톱이
땅을 파헤치고 봄을 꺼내겠지요.
막 깨어난 봄병아리들이
겨울이 뭐야? 쫑알쫑알 물어보겠지요.
겨울은 족제비 이빨 같은 거야.
으스대며, 봄소풍 다니겠지요.

설앓이

가볍게 앓는 거지.
공부가 길을 앓듯
사랑이 품을 앓아야 하지.
꽃이 향기를 앓듯
씨앗이 새싹을 앓는 거야.
옛날이 지금을 앓았듯
여기는 저기를 앓지.
골목이 큰길을 앓듯이
냇물이 바다를 앓듯이
혼자는 여럿을 앓으며 크는 거야.
하지만 조금만 설앓이 해야지.
가여움이 짓밟음을 앓지 말고
숨소리가 총탄 소리를 앓지 말고
돼지저금통이 동전 소리를 앓듯이.
밖에서 온 내 차가운 손이
네 손을 앓듯이.

세발자전거

노인정에서 낡은 유치원 버스를 샀다.
우리도 중고품이고 버스도 중고품이라고
복덕방 할아버지가 투덜대셨지만,
맘껏 놀러 다니자며 다들 손뼉을 쳤다.
낮아서 타고 내리기 얼마나 좋아?
'아이들이 타고 있어요'라는 샛노란 스티커가
자기들 닮았다고, 막 연애를 시작한 잉꼬 한 쌍이
눈꼴시게 휴대폰 카메라를 눌러댔다.
버스에서 내리면 세발자전거 타는 유치원생처럼
세 발이 되었다. 지팡이 대신
유모차를 앞세우면 발이 여섯 개나 된다.
아흔 살이 일흔 살의
가방을 유모차에 싣고 간다.
가방 아래 빈 병 몇 개가
종이 박스 두드리며 장단을 맞춘다.

소금꽃

땀흘려 일하는 사람의
젖은 옷에 피는 겹꽃.
안전모가 나비이고 안전화가 꽃받침이다.
열꽃, 웃음꽃, 이야기꽃, 저승꽃,
사람이 피우는 꽃 가운데
가장 아름다운 소금꽃.
삶이라는 꽃잎비빔밥에
꼭 넣어야 할 꽃소금.

속풀이

실 꾸러미는
실마리가 엉켜서
속이 풀리지 않지.
익기도 전에 서리를 맞아서
풋밤송이는 속풀이를 할 수 없지.

술주정뱅이는
영혼의 깡통에
병뚜껑만 딸랑거리지.
한숨만 해장국인 양 떠먹지.
다음 술 마실 때까지 금주해야지.
작심하고 거짓말하지.
병뚜껑들이 녹슨 깡통에서 웃지.

설익은 참깨 꼬투리는
아궁이에서도 터지지 않지.
풋밤송이는 숯불도 못되지.
속 터져라, 외치지도 못하지.

손깍지

내 왼손이 너의 오른손을
너의 왼손이 내 오른손을 잡아야만
같은 길을 함께 갈 수 있지.
같은 곳을 바라보며 길 떠날 수 있지.
내 오른손과 내 왼손이 마주하며 배운 것들.
두 손 모아 올린 가난한 기도와
노래와 찬사와 신명을 불러낸 손뼉들.
저 잘났다 나서는 손가락질과 손가락총을 거둬들이고
서로 다른 손을 잡아야지.
부둥켜안고 손깍지 끼는 날까지.
끝내 손뼉치며 노래 부를 때까지.
하느님이 기도하는 손을 풀어
내 오른손을 잡을 때까지.

손거울

손거울을 받들고 있는 손은
손거울에 비춰볼 수 없다.
꼭 움켜쥔 손아귀는
손거울에 비춰볼 수 없다.
손아귀 안 식은땀과 어둠도.

손뜨개질

장갑을 떠요.
따뜻한 손길로
언 손 맞잡으라고.
장갑처럼 세상과 짝을 이루라고.

목도리를 떠요.
예쁘게 수술도 엮어요.
훈훈한 목소리로 사랑을 속삭이라고.
고드름처럼 차갑고 뾰족한 울타리들 다 녹이라고.

스웨터를 짜요.
목을 길게 떠요.
입마개로도 쓸 수 있도록.
따스한 입김으로 봄을 노래하라고.

목을 조금 좁게 떠요.
입고 벗을 때마다
얼굴과 머리를 쓰다듬듯
언제나 어루만지는 사람이 되라고.

손바닥

손바닥만한 방에서 어찌 사니?
손바닥만한 동네에 뭐가 있겠어?
손바닥은 우쭐거릴수록 쓸데없이 넓어지지.
부끄러움이 아예 사라지면
손바닥은 하늘만큼 넓어지지.
손바닥으로 하늘을 가릴 수도 있지.
끝내 부끄러움을 잃지 않는다면
손바닥은 제 크기를 지킬 수가 있지.
적어도 달아오른 뺨을 가릴 수는 있으니까.
하지만 욕심꾸러기 자린고비가 되면
손바닥은 작고 깜깜해지지.
쓰다듬고 감싸는 손바닥을 잃어버리면
꼭 쥔 동전 한 닢만해지지.
죽여버릴 거야! 부르르 주먹까지 쥔다면
지렁이 울음만한 숨통도 사라지지.
열 손가락 감옥 창살에 갇히지.
손바닥이 사라졌으니 하늘을 가릴 수도 없지.
뻔뻔한 얼굴이 다 드러나지.

손버릇

내 슬픔을 훔쳐가지 마세요.
내 눈물을 훔쳐가지 마세요.
내 아픔을 훔쳐가지 마세요.
내 상처를 훔쳐가지 마세요.
내 흉터를 훔쳐가지 마세요.
내 그늘을 훔쳐가지 마세요.
당신은 정말 나쁜 손버릇을 가졌어요.
이제 그리움만 남겨놓았군요.
당신을 걱정하는 일만 남겨놓았군요.
잠 못 드는 밤만 남겨놓았군요.
미워하는 일만 남겨놓았군요.
훔쳐갔던 모든 것들이 밤낮으로 자라났군요.
검은 옷을 입고 돌아왔군요.

손뼉치기

가지런히 모은 손가락과
손바닥을 펴면 손뼉이 되죠.
손으로 만든 작은 벽이죠.
움직이는 쌍벽이지요.
밀어내는 힘으로 외톨이를 지키죠.
벙어리장갑에 갇힌 손뼉이
늘 바라는 것은 손뼉치기지요.
마주칠수록 웃음꽃이 피어나죠.
키다리 꽃처럼 날아올라
처음 보는 담 너머 손뼉과
꽃벽치기하는 걸 좋아하죠.
활짝 맞장구치기를 좋아하죠.

손잡이

풀과
모든 열매는
자신이 손잡이가 되는 게 싫다.

내 귀를 비틀어
내 꿈을 내동댕이친다면
그 누가 좋아할까.

그런데, 누가 나를 열고
깊은 방으로 들어간다면
드넓은 세상으로 나아간다면
그 누가 마다할까.

손톱그림

매니큐어를
아름답게 바꾼 말이다.

발톱그림까지 더하면
누구나 스무 개의 화폭이 있다.
뱃속에서 가지고 나온
작고 맑은 캔버스다.
무덤까지 가져가는 명화다.

다들 그림처럼 살아간다.
화폭으로 밥 먹고 눈물 닦는다.
화폭을 맞잡고 화폭을 어루만진다.
화폭으로 집을 짓고 비빔국수를 만든다.
그림으로 그림 같은 세상을 꾸린다.

그림을 숨기지 마라.
순간 주먹다짐이 되고
캔버스 모서리로 손톱 자국을 남긴다.

내 그림 가운데
한 개만을 내보여야 할 때
삿대질이나 욕이 되지 않기를.
엄지 척! 힘이 되어주기를.

엄지장갑 속 손톱그림처럼
우리네 삶이 따뜻하기를.
갓난아이 손톱처럼 여백이 아름답기를.

누가 주신 걸까.
너무 어둡게는 그리지 말라고
손톱달이 떠 있다.

손톱달

하늘에만
달이 뜨는 게 아니야.
손톱마다 달이 두 개씩이나 떠 있지.
손톱 뿌리, 속손톱엔 초승달
손톱 끝에는 그믐달이
둥글게 이어져 있지.
발톱에도 스무 개나 있지.
하늘에는 달이 하나지만
손톱 발톱엔 마흔 개나 뜨지.
왜 하늘만큼 사랑한다고 말하는지 알겠지?
사람은 다 하늘이란다.
하늘이 아니라면
어떻게 초승달로 악수하고
그믐달로 코딱지를 파낼 수 있겠니?

손톱여물

소 먹이로 썰어놓은
짚이나 마른 풀을 여물이라고 하지.
대문니로 손톱을 잘근잘근 씹는 짓을
손톱여물 먹는다고 한단다.
게으름뱅이만 소가 되는 게 아니야.
손톱여물을 우물거리면
벌써 소가 됐다는 얘기지.
식식대는 걸 보니
엉덩이에 뿔도 났겠는걸.

솜방망이

내 잘못에는 경찰방망이
네 잘못에는 솜방망이
둘 다 마음으로만,

쿵쿵쿵, 숨 죄며
이미 마음방망이
실컷 맞았으니까.

송이눈

함박꽃송이만큼
아름다운 송이눈이 온다.
밤송이만큼 큰 주먹눈이 온다.
송이송이 눈꽃이 핀다.
호숫가 낚시터에서
아빠가 냄비 뚜껑을 열어놓는다.
냄비 속으로도 송이눈이 내린다.
자 밥 먹자. 자연산
송이매운탕이다.

싹쓸이

사랑에는
싹쓸이가 없어요.

여기까지만이에요.
더이상은 안 돼요. 쉿!
작게 떨리는 꽃봉오리에 검지를 대요.

홀딱 반했다는 고백이
싹쓸이해도 된다는 말이 아니에요.
더 많이 사랑한다고
떨이처럼 쓸어담지 말아요.

첫 열매를 맺듯
한 알 한 알 받아주세요.
커다란 내 마음을, 어떻게
작은 자루에 다 담겠어요.

싹쓸이에는
사랑이 없어요.

쑥떡

쑥떡이나 먹어라!
어릴 적에 수도 없이 건넸던 욕이다.
이렇게 착한 욕이
세상 어디에 있을까.
다른 욕은 다 없애고
동방예의지국답게
이 욕만은 살리자!
철조망 넘어,
태평양 건너,
대통령도 이 욕만은 할 수 있게 하자.
쑥떡이나 먹어라!
미운 놈 떡 하나 줄 때에도
쑥떡이나 먹어라!
팔뚝에서 울려퍼지는 찰떡!
쑥떡이나 먹어라!
똥구멍 막히지 않을 정도만.

씨알

씨알은
물고기의 몸통 크기를 말하지요.
씨알이 굵다는 건
한가득 알을 품고 있기 때문이겠지요.

씨알은
새끼 까는 데 쓰는 알을 말하지요.
씨알이 좋다는 건
금방이라도 천둥 같은 부리질 소리가
알 속에서 들려올 듯하다는 거지요.

씨알은
씨앗으로 쓰일 낟알을 말하지요.
씨알이 야물다는 건
개어놓은 떡잎 보자기가
첫 햇살을 받을 준비를 마쳤다는 거지요.

씨알은 물고기의 맨 처음
씨알은 날갯짓의 맨 처음
씨알은 다시 만날 낟알의 맨 첫머리

씨알머리 없다는 말은
속이 없다는 말
싹수머리가 없다는 말
막 달려오는 햇살이 없다는 말

씨알머리 없다는 말은
참 씨알머리 없는 말이지요.

씻나락

나락은 벼를,
씻나락은 볍씨를 말한다.
볍씨는 못자리에 뿌리는 벼의 씨를,
못자리는 볍씨를 뿌리어 모를 기르는 곳을 말한다.
모는 옮겨 심기 위하여 기른 벼의 싹을 말한다.
또한 나락은 구렁텅이를 말하기도 한다.
씻나락의 소원은 나락으로 뛰어내리는 거다.
진흙 구렁텅이에 떨어져 싹을 틔우는 거다.
나락이 나락에 빠지는 건, 나락이 베어지고
나락이 털리고 나락이 벗겨져서 가마솥에서 끓는 거다.
식도를 지나 밥통을 지나 똥독에 갇히는 거다.
나락은 나락에 빠져 모가 되고 싶다.
나락은 나락에 처박혀 저승으로 가기 싫다.
비바람에 도리질하는 벼이삭 같은, 이런 얘기를
귀신 씻나락 까먹는 소리 같다고 한다.

아기방석

뱃속 아기를 키우는
모든 걸 아기방석이라 해.
아기집도, 탯줄도 다 아기방석이야.
참 포근하고 사랑스런 말이지.
이렇게 불러보면 어떨까?
책은 글자방석, 물음표방석.
하늘은 별방석, 구름방석, 무지개방석.
나무는 잎방석, 꽃방석, 바람방석, 둥지방석.
논밭은 이삭방석, 감자방석, 고구마방석, 구슬땀방석.
그럼 학교는 무슨 방석일까?
책가방은 무슨 방석일까?
집은 무슨 방석일까?
웃음방석일까? 눈물방석일까?
나는 무슨 두레방석일까?
꽃은 꿀방석, 향기방석, 씨앗방석.
한 땀 한 땀 피를 흘리며
나는 지금 가시방석을 짜고 있지 않나?
바늘방석에 앉아 송곳방석을 벼리고 있지 않나?

아기자기

아기야.
아기야.
아기야.

자기야.
자기야.
자기야.

부를수록
오순도순
참, 아기자기하다.

아침뜸

바닷바람과 뭍바람이
자리바꿈하는 아침 무렵에는
바람도 아침잠을 잔다.
바닷가 바람은 아침마다 뜸을 들인다.
먼바다로 나갔던 바람이
만 리 밖 언덕 너머 바람을 만나면
풀잎도 이슬을 매단 채 숨을 죽인다.
다시 만났을 때에는 뜸을 들여야 한다.
해바라기가 아침해를 제 품에 눠듯
우리도 아침바라기를 해야 한다.
네가 갈 곳이 내가 지나온 길이라고
우쭐거리지 말아야 한다.
헤매다녔던 뒷골목이
파도의 이랑을 만났을 때에는
뜸들이며 아침바라기를 해야 한다.

아침이슬

참 기뻐!
정말 좋아!
네가 기쁨의 눈망울을 닦을 때
아침이슬을 보았어.
반짝이는 풀잎이슬을 보았어.
속눈썹이 아니라
해 뜨는 속눈숲이었어.

안개오줌

노루오줌과
여우오줌은 풀 이름이고
말오줌은 나무 이름이다.
바람에 흐르는 안개를 는개라고 하는데
북쪽 함경도에 가면
는개를 안개오줌이라고 부른다.
오줌이 들어가는 나무와 풀이
사람의 이름을 지었다면 뭐라고 불렀을까.
사람오줌나무? 사람똥풀?
는개가 자욱한 날에는
돌아다니지 말아야겠다.
옷과 신발이 안개오줌에 지릿하다.
풀 나무들은 거름을 맞아 싱싱하다.
머릿결은 풀에 가까운지
안개오줌을 받아먹고 반짝인다.
뿌리가 벋는지 자꾸만 가렵다.

앉은뱅이저울

나도 본래는
어깨 좀 쓰는 어깨저울이었다.
앉은뱅이라는 아픈 이름으로
이름을 바꾸고 납작 엎드린 까닭은
네가 올라오기 쉽도록
내 자존심을 양보한 것이다.
세상 그 어떤 생명도
나에게 오면 짐일 뿐이다.
무게일 뿐이다. 너는
오로지 짐짝만을 위해
낮고 초라해질 수 있겠는가?
살이 안 빠진다고 투덜대지 마라.
눈금자의 떨림을 보라.
세상을 아파하면
그 슬픔만큼 짐은 가벼워진다.

알거지

열 개만 낳아
꼭 따뜻하게 품어야지.
암탉은 아침마다 알을 낳았어요.
주인은 매일 날계란을 먹었어요.
암탉은 죽을 때까지
이백오십 알을 몽땅 바치고
알거지로 살았어요.
주인은 마지막으로
알거지도 삶아먹었어요.

알랑방귀

코딱지만도 못하다는 말이 있다.
눈곱만도 못하다는 말이 있다.
발가락 때만도 못하다는 말이 있다.
고름집만도 못하다는 말이 있다.
거지 똥구멍에 낀 콩나물만도 못하다는 말이 있다.

그런 말을 내뱉은 입으로
사랑한다고 거짓부렁하는 천사나팔,
어떤 입은 알랑방귀뿐이다.

알음알음

옹달샘의 물방울 하나가 알음알음 바다로 갑니다.
파도 속 물방울 하나가 알음알음 옹달샘을 그립니다.

벌레 먹은 나뭇잎 하나가 알음알음 씨앗 속 떡잎을 떠올립니다.
씨앗 속 떡잎 한 장이 알음알음 천 년 전 태풍에 떨던 벌레 먹은 나뭇잎에게 굽은 손을 펼칩니다.

조각구름 하나가 알음알음 지구 반대편 새털구름의 얼굴을 쓰다듬습니다.
알음알음 조각구름에게 건네달라며 홍학의 깃털에 새털구름이 편지를 씁니다.

만년설에 갇힌 모래 하나가 알음알음 친구가 많은 사하라 사막 모래를 찾아갑니다.
사하라 사막의 모래알이 답장을 써서 알음알음 건네려다가 모래바람에 숨이 막혀서 재채기를 합니다.

알음알음 사막의 재채기 소리에 만년설이 무너집니다.
사실은 모래 한 알을 따라 알음알음 언 모래 세 알이 길을 나섰기 때문입니다.
얼마나 꽝꽝 얼어붙어 있었던지, 알음알음 산 하나가 따라 나선 거죠.

알콩달콩

알에서 깨어난
어린 새들이
좋아해서, 알콩

해만 보지 말고
달도 보거라, 달콩

알처럼 동그란
보름달을
다섯 번이나 만났어요.

알콩달콩,
콩꼬투리 속
콩알이 되기까지.

앞길

눈이 전혀 안 보이는
장님지네에게도 가야 할 정면이 있다.

네가 있는 곳.
내 마음의 소리가 가닿는 곳.

애벌빨래

나중에 빨 거야.
지금은 바쁘니까.
설렁설렁 주물주물
애벌레가 첫번째 옷을
풀잎이슬에 부비고 있어.
큰옷으로 갈아입을 때마다
애벌레는 애벌빨래만 해.
투구는 빨아 입는 게 아냐!
잠복근무 중인 번데기는
아예 마른빨래도 안 해.
날개가 돋아나면, 에고 바빠!
그제야 빨래 박사가 되지.
꽃송이 빨래터를 몽땅 찾아다니지.
지금은 애벌빨래만 하고
어서 옷을 갈아입어야지.
저 많은 꽃봉오리마다
빨랫감이 부풀고 있으니까.
빨래자루가 터지기 전에
투구까지 벗어야 하니까.

애어른

높고 긴 벤치 옆에
작고 낮은 꼬마 의자를 놓았어.
어린이들을 위해서 말이야.
그런데 어린이들은 낑낑대며 높은 벤치에 오르고
어른들은 자꾸 작은 의자에 엉덩이를 들이미는 거야.
늙은호박을 받들고 있는 조그만 똬리 같아.
작은 의자에 앉는 순간, 마음이
호박꽃으로 돌아가서 호박벌처럼 붕붕거리지.
서른 살이나 일흔 살쯤 나이를 깎아주는 작은 의자.
대통령, 사장님, 농부, 선장, 은하철도 기관사,
꿈꾸는 대로 이뤄주는 꼬마 의자.
하늘로 바다로 바라는 대로 데려가는 여행 의자.
나는 작은 의자가 될 거야.
너를 태우고 고래 분수를 보러 갈 거야.
내 꿈은 수첩만한 접이식 꼬마 의자가 돼주는 거야.
조그맣게 접어서 주머니에 넣고 날아다닐 거야.
뭉게구름한테 솜방석도 선물받을 거야.
아이와 어른을 모두 애어른으로 만들 거야.

약손

넷째손가락을
약손가락이라고 부르지.
가루약에 물을 탈 때 숟가락에
작은 동그라미를 그리던 약손가락.
얼마나 쓸까? 맛을 가늠할 때
혀끝을 살짝 불러내던 약손가락.
수줍게 떨던 약손가락이 약손을 만들지.
지어온 약이 다 스며들 때까지
아픈 곳에 올려놓기만 해도 잦아들지.
약을 달이는 질그릇처럼 뜨거워질 때까지
지긋이 둥글게 문지르다 보면
통증이 솜털처럼 부드러워지지.
말랑말랑해진 아픔을 조금씩 밀어내는 약손.
내 손이 약손이다! 믿는 동안.

양말구멍

운동장 철봉 밑에
웅덩이가 파인다.
운동화가 호미가 되고
꺾인 무릎이 삽이 된다.
비가 오면 웅덩이는
커다란 눈동자가 된다.
누군가 흘린 머리핀과 구슬은
어느새 뿌리를 내리고
민들레꽃 냉이꽃으로 핀다.
축구골대 한가운데에도
눈동자가 깊게 젖어 있다.
무럭무럭 자라는 걸 보려고
운동장은 구석구석 눈을 뜬다.
신발코와 무릎과 양말에도
꼬마 운동장이 있어서
초롱초롱 눈이 열린다.

어금니

어금니는 엄니다.
맛 중의 맛, 씹는 맛까지 알려준다.
이 중의 이, 가장 일을 많이 한다.
집안의 엄니처럼 입안의 엄니다.
일하길 좋아해 쉬 망가진다.
일복으로 황금을 선물받는다.
엄니는 금니가 많다.

어깨너머

—엄마는 요리왕이야.
—다 어깨너머로 배운 거야.

—아빤 만물박사야.
—다 어깨너머로 곁눈질한 거지.

—할머니는 정말 못하시는 게 없어요.
—다 어깨너머로 흉내만 내는 거야.

—어깨너머에는 별의별 것
다 가르쳐주는 학교가 있나 봐요?

……

—배움이란, 어깨너머 학교에서
마음을 모셔오는 거란다.

어깨높이

바위산을 오르며
바위의 몸을 어루만집니다.
바위의 발등을 밟고 머리를 당기고
바위의 어깨에 올라 무등도 탑니다.
바위의 엉덩이로 뛰어내리기도 하고
바위의 등에 밥상을 차리기도 합니다.
바위의 손바닥까지 나아가
어깨높이에서 앞산의 머리를 내려다봅니다.
내가 서 있는 팔부 능선이 앞산의 정수리입니다.
기를 쓰며 어깨싸움으로 오르는 내 발밑이
이미 꼭대기임을 마음에 새깁니다.
바위틈에 어깨울음을 내려놓으며
어깨춤 추며 흘러가는 골물에 발을 담급니다.
어깨방아 찧으며 어깨동무로 가겠습니다.
어깻숨 몰아쉬며 함께 올라가겠습니다.
어깻바람으로 어깨높이까지만 가겠습니다.
누군가의 어깨높이가 되겠습니다.
누군가의 어깨사다리가 되겠습니다.
누군가의 어깨너머를 바라보겠습니다.
누군가에게 어깨 안쪽을 내어주겠습니다.

어깨동무

먼지 속을 뚜벅뚜벅
먼 풀밭 찾아가는 코끼리떼
다 걸음동무들이다.
여름밤 반짝반짝
별자리 그리는 반딧불이들
다 밤동무들이다.
소잔등에서 피리 불던
흑백사진 속 아이들
다 송아지동무들이다.
달랑게와 떡 해놓고
달맞이하는 바닷가 조개들
다 소꿉동무들이다.
힘차게 날갯짓하며
먼 하늘 날아가는 천둥오리떼
다 어깨동무들이다.

어깨사다리

사다리 모양으로
어깨 위에 쌓는 사람 탑이지.
가장 밑에 선 사람은 무거워 후들거리겠지.
꼭대기 선 작은 사람은 미안하고 무섭겠지.
가운데 끼인 사람들도 자신의 발을 내어주고
자신의 어깨를 밟고 선 윗사람 발을 싸안겠지.
어깨사다리를 이룬 일곱 사람이
모두 나라면, 그걸 인생이라고 하지.
일평생이라고도 하지.
제일 꼭대기가 어린 나고
밑에서 얼굴 찌푸리며 견디는 사람이
어른이 된 나란다.
내가 나를 잘 떠받쳐야겠지.
내가 나를 튼튼하게 기둥 삼아야겠지.
어릴 적 맑고 깨끗한 마음을
높이 받들어 섬겨야겠지.

언덕밥

쌀을 안친 솥에 비탈을 만든다.
싸락눈 내린 비탈 같다.
눈이 녹는지 봄물처럼 아지랑이 핀다.

흥건한 쪽은 할머니가 드실 진밥이고
둔덕 위는 엄마 아빠 밥그릇에 담길 된밥이다.
나는 물가 가장자리 찰밥이 좋다.

진밥과 된밥을 함께 짓는다.
엄마 아빠는 정말 신기하다고 추켜세운다.
가르쳐드려도 손사래 치며 모르겠단다.
할머니는 쌀눈처럼 웃기만 한다.
뭐라도 하나는 잘하는 게 있어야
밥을 빌어먹고 산단다.

엄마 아빠는 시치미를 잘 뗀다.
용돈 좀 만지려고, 나는 속는 척을 잘한다.
할머니는, 그려! 그려! 손뼉을 잘 친다.
우리 식구는 굶지는 않을 거다.
밥솥 쌀알처럼 비빌 언덕이 끈끈하다.

얼싸안기

흥겨워서, 얼싸!
혀가 춤을 추는, 얼싸!

얼은 정신의 줏대.
내 얼을 다 쏟아주는, 얼싸!

얼싸안기는
한몸이 되어주는 것.
얼먹은 넋을 안아주는 것.

한껏 두 팔 벌려
낡은 가죽 자루로 감싸는 것.

한 땀 한 땀 기운
조각보로, 둥개둥개
아기가 되어 서로를 어르는 것.

얼싸안기는
얼을 싸안는 것.
얼싸! 매듭자리까지 감싸주는 것.

엄마젖

엄마는
가슴을 내주는 사람
가슴을 쥐어짜주는 사람
심장을 울렁이게 하는 사람
엄마는 심장을 만지게 하는 사람
무엇보다도 엄마는 심장을 만드는 사람
끝까지 언제나 끝끝내 사람을 만드는 사람

엉덩방아

첫 걸음마를 시작할 때
자꾸 엉덩방아를 찧는 까닭은
한평생 살아갈 땅덩어리를
씨앗 한 톨로 본다는 거지.
잘 까먹겠다는 거지.
이마방아로 두드린 다음
무릎방아와 엉덩방아로
싹 벗겨보겠다는 거지.
싹을 보겠다는 거지.

엉덩이춤

엉덩이춤을 췄어요.
바지 뒷주머니 오목한 엉덩이눈이
찡긋찡긋 씰룩쌜룩, 신이 나서 웃었어요.
쓰윽 젖은 손을 문지를 때
눈을 더 크게 뜨는 엉덩이눈 말이에요.
궁둥이단추, 까만 눈동자가
동그랗게 반짝였어요.
동전이라도 주우려는 듯
땅바닥 가까이 눈을 붙였어요.

엿장수

엿장수 맘대로?
우리도 원칙과 형평이란 게 있어요.
과부집이나 포도청의 문고리를
빼들고 온 이에게는 엿을 팔지 않아요.
엿판이나 납작하게 늘이고
착한 애들에게 엿가락 몇 개 더 나눠줄 뿐
철로를 뽑아서 엿목판 채운 적 없지요.
어린이 놀이터 철봉대 뽑은 적 없지요.
엿장수 맘대로라면 벌써
삼팔선 철조망부터 걷었겠지요.
탱크와 총알부터 엿으로 바꿨겠지요.
엿 먹이고 싶은 놈들에게
끼니마다 공짜 엿을 먹여서
엿 같은 놈들, 엿 먹다 빠진 어금니를
우물우물 빨고 있겠지요.

오리걸음

뒤뚱거린다고 놀리지 마.
수영장에서 물갈퀴 끼고 걸어봤잖아.
난 이걸 낀 채 내달릴 때도 있어.
엉덩이 씰룩댄다고 수군거리지 마.
귀 잡고 오리걸음으로 운동장을 돌아봤잖아.
남의 운명에 손가락질하는 게 아니야.
파리 목숨에도 거룩함이 있어.
꽥꽥, 오리걸음이나 흉내내며
남의 삶을 비웃지 마.
덫 같은 발길질과 올무 같은 손아귀와
깔보는 눈초리와 비웃는 입꼬리가
새로 얻은, 네 운명의 생김새라면
더는 아무 말 안 할게.
나랑 강둑이나 걸어볼까.
뒤뚱뒤뚱 오리걸음으로
수평 잡기나 배워볼까.

오목눈이

오목눈이는
눈이 작고 오목한
작은 새예요.

오목눈이는
덤불과 여린 가지를
톡톡 치며 날아요.

놀란 벌레들이
뒤따라 나는
오목눈이의
오목눈에 담겨요.

오목눈은
오목눈이의
작은 밥그릇이에요.

오색딱따구리

봄이라고,
한잔하셨군요.

젓가락 장단이 제법이네요.

오줌싸개

똥강아지야.
너 오줌싸개지?
왜 전봇대며 나무 밑동마다
오줌을 찔끔찔끔 싸는 거야?

아니야.
내가 고추를 보여준 나무는
나를 지켜줄 울타리 나무들이고
전봇대는 집을 밝혀줄 수호신이야.
바람에 끄떡없이 서 있잖아.

약도 줄게.
개똥도 약에 쓰려면 없다지 않아.
뿌리 밑에 조금씩 묻어줄게.
힘들 때 조금씩 빨아먹어.

온누리

가장 크고
가장 힘있는 건
놓친 고기다.

가장 신명나게
가장 실감나게
가장 아쉬운 표정으로
자신 있게 말할 수 있는 건
놓친 고기다.

놓친 고기는
강보다 길고
호수보다 크다.
파도보다 세차다.

놓쳐라.
다 놓아주어라.

놓칠 때마다
바다가 커진다.
온누리가 자란다.

내가 우주 경작자가 된다.

올챙이배

볼록한 어린이 배는
귀여워라. 올챙이배.
곧 개구리처럼
앞다리, 뒷다리, 울음주머니
쑥쑥 자라날 힘주머니니까.

배불뚝이 어른 배는
미안하지만, 똥배.
수렁논, 비탈밭, 개간 황무지
부지런히 퍼줘야 할 거름을
보약인 양 끌어안은 똥주머니니까.

옹달샘

옹달샘은 작고 오목한 샘
옹달우물은 작고 오목하게 판 우물
옹달시루는 떡이나 쌀을 찌는 데 쓰는 작고 오목한 질그릇
옹달치는 옹달샘이나 옹달우물에 사는 작은 물고기

내 입술은 지느러미 반짝이는 옹달치
내 가슴은 식지 않는 옹달시루
내 보조개는 작은 옹달우물
내 머리는 생각이 샘솟는 옹달샘
내가 되고 싶은 것은 옹달사람

외곬

단 한 곳으로 빛이 흘러간다.
아침이 올 때까지 그곳으로 가라.

단 한 방향으로 바람이 분다.
맞서서 바람의 뿌리를 응시하라.

열 일 제치고 네가 왔다.
네가 와서 좋다만 더 좋은 건
제쳐놓을 열 일이 있기 때문이다.

백 사람을 제치고 네가 왔다.
네가 와서 좋다만 더 좋은 건
제쳐놓은 백 사람이
너에게 박수를 보내기 때문이다.

너를 등지지 않고
네가 따라간 빛을 믿어주기 때문이다.
남아서 바람을 막아주기 때문이다.

수많은 외곬의 뿌리가
단 하나의 굵은 밑동을 받든다.
천만 이파리 위에 빛이 오롯이 앉는다.

외기러기

기러기떼 앞에
외따로 앞서 나는 외기러기는 우두머리 같아.
찬바람을 갈라주니까.

기러기떼 옆에
외따로 날아가는 외기러기는 큰 엉아 같아.
적의 공격을 감시하니까.

기러기떼 끄트머리에
외따로 따라가는 외기러기는 또래 친구 같아.
뒤떨어진 친구들 챙겨야 하니까.

외기러기는 외롭지 않아.
외기러기는 속상하지 않아.
외기러기는 고개 떨구지 않아.

우스갯소리

내 마음이 검어졌어.
며칠 전에 수술을 했거든.
박속같이 하얀 속을 다 긁어냈어.
무슨 말이냐고?
백내장 수술을 했거든.
하얀 속을 다 도려냈다고.

울음바다

구제역에 걸린 소들을
산 채로 땅속에 묻는 걸 보았다.
소는 온몸이 울음빛이란 것을.
찢기지 않는 질긴 소가죽 울음주머니를 보았다.
다른 소를 밟지 않으려고
앞발 들어 솟구치는 파도울음을.
한 마리 한 마리가 거대한 울음덩어리라는 것을.
신은 이제 하늘이 아니라
땅속 울음바다에 계시리란 것을.

움집

움은 싹이야.
싹이 돋기 전까지
미루나무는 미루나무 새싹의 움집이고
양파는 양파 순의 움막이지.
끝까지 움츠린 채 기다리지.
있는 힘껏 움츠리고 때를 기다리지.
아스팔트도 찢고 나오는 움츠림의 힘.
움이 많을수록 그늘이 넓은 나무가 되지.
움푹한 곳마다 움이 자라는 감자가 되지.
겨우 추위나 피하는 움막에서 산다고?
우주를 통째 움집으로 삼은
별들도, 파르라니 움츠리고 있잖니.

웃음빛

배냇짓은
가장 아름다운 웃음빛이다.
양수(羊水)에도 물결이 반짝이고
물소리가 퍼지고 물안개가 꽃피리라.
그렇지 않다면 갓난아이의 웃음이
저토록 섬세하고 부드럽고 깊은
빛을 머금을 수 있겠는가.
웃음빛은 벙글은 꽃이다.
양수가 터지듯 벙글벙글
꽃으로 핀다.

육쪽마늘

수학책은 9쪽부터,
국어책은 11쪽부터 공부한다.
과학책은 그림이 많아서
13쪽부터 첫 시간이다.
육쪽마늘학교는 좋겠다.
배추흰나비와 호박넝쿨과
왕매미와 오이와 수선화 사진만 보면
6쪽 다 지나 뒤표지니까.
육쪽마늘은 참 좋겠다.
공부는 한 시간도 안 하니까.

은방울꽃

소리를 못 듣는
벌 나비 나방 꽃등에를 위해
꽃 종을 매달았어요.
은방울 소리를 피웠어요.

이갈이

늙을수록 거꾸로
어린이가 된단다.
네가 어렸을 때 타던
유모차를 선물받았으니
할미는 무얼 줄까?
할미는 이제 네 친구야.
할미 따라 노인정에 갈까?
널 따라 놀이터에 갈까?
넌 젖니를 두 개 갈았지?
난 틀니를 두 번 갈았단다.
이갈이도 같이 하잖아.
우린 나이또래니까.

이슬떨이

풀 이슬 떨어내며
앞장서서 가던 사람
이슬 고인 신발로
트럼펫을 불던 사람
이슬받이 한 바지를 벗다
기우뚱 멋쩍게 웃던 사람
바짓가랑이 좀 당겨봐요
팬티는 꼭 붙잡고 있던 사람
발바닥이 깨끗했던 사람
새끼발가락이 앵두 같던 사람

이야기꽃

이야기꽃이 피려면
꽃잎이 다섯이든지 여섯이든지
크기가 똑같아야지.
혼자만 말 춤을 추면 안 되지.
시들수록 꽃향기가 고여야지.
마침표처럼 까맣게
말씨가 여물어야지.

입김

밭을 가는 일소의 콧김은
밭두둑에 앉아 쉬다가
어린 들깻잎의 향이 될 거예요.

새끼를 낳는 어미 돼지의 콧김은
돼지우리 천장 거미줄에서 놀다가
무녀리 아기 돼지의 등을 감쌀 거예요.

아침을 끌어올리는 해의 입김은
강아지 코쭝배기에서 발을 녹이는
서릿발을, 깨갱깨갱 혼낼 거예요.

때 없이 식식거리는 홧김은
하늘로 올라가서 별똥별로 떨어진대요.
나는 높은 데 올라가면
오줌을 싸는데 말이에요.

밤하늘이 무서워 엄마 뒤에 숨은 홧김은
끓는 주전자에 들어가서
백 번이나 콧김을 내뿜어야 한대요.

짝꿍 안경알을 닦아주는 입김과
병원 유리창의 성에를 녹이는 입김과
상처에 호— 둥근 입술을 갖다대는 입김은,

다시 가슴으로 들어가서 목숨이 된대요.
세상의 모든 설렘을 키우는 숨결이 된대요.

잎몸

잎몸은 잎사귀의
잎맥과 잎살을 말하지

한 나무의
물줄기와 초록 모래펄

막 피어난 떡잎마저
정수리까지 물길이 솟구치지

나무야 새싹아
강을 끊고 보를 쌓을까
한줄기로 합쳐서 반듯하게 펴줄까

다가올 천둥서리 무서우니
서둘러 마른나무가 되어볼까
바보처럼 낙엽으로 굴러볼까

잎몸을 파는 건
애벌레에게만 허락되지
작은 호수에 하늘을 담아주니까

잎사귀

이파리라고 하면
파리가 떠올라요.
한 나무에서 함께 놀고 공부하는
초록빛 파리들 말이에요.

잎사귀라고 부르면
하늘에서 쏟아지는 햇살의 이야기와
뿌리에서 올라오는 물방울의 말씀을
하나도 놓치지 않으려는
둥근 귀가 보여요.

나무에 귀를 대고
천둥치는 밤에는 천리 밖까지 날아갔다 온다는
푸른 날갯짓 소리를 들어요.
지금은 조용하네요.
아마도 기도 시간인가봐요.

ㅈ

잔가시

자신의 살 속에서는 부드러이 안긴다.
지느러미와 등뼈를 따라 물결처럼 휜다.
있는지 없는지 느낌이 없다.

남의 살 속에서는 날카롭게 파고든다.
언제나 반대로 버티며 하나뿐인 통점이 된다.
작디작지만 온몸의 중심이 된다.

잠옷

눈꺼풀은
감고 있을 때 일하고
떠 있을 때 쉰다.

잠옷은 밤이 되면
뒤척뒤척 땀흘리며 일한다.
잠옷이 코를 골거나 방귀를 뀔 때마다
옷장은 문을 삐걱 열어젖힌다.
허리를 접고 자던 넥타이나 목도리가
참았던 숨을 쉬려고 고개를 내밀었다가
쾅! 목이 끼기도 한다.

봄이구나.
아침 창을 열자꾸나.
겨울잠을 자고 나온 개구쟁이들아.
커다란 흙 잠옷은 잘 개어놓고 나왔니?
눈꺼풀을 열고 맘껏 쉬어라.

젖소

흰 조각
검은 조각
축구공은
젖소 가죽으로 만드나봐요

뻥뻥 발길질 당하는 젖소
퍽퍽 박치기 당하는 젖소
발 사이로 요리조리 빠져나가는 젖소

금 밖으로 나가면
다시 안쪽에 갇히는 젖소
그물망에 수도 없이 갇히는 젖소

푸른 잔디밭에
젖소가 날아다녀요
동그란 젖소 한 마리를
우르르 따라다녀요

호루라기 소리에
소가 두 마리로 늘었어요
이겼소
졌소

조각구름

깨진 게 아니라
스스로 나눈 거야.
몽글몽글 낳은 거야.
조각구름은 서로가 엄마 아빠고
친구 형제고 아저씨 아줌마야.
높낮이와 멀고 가까움이 없어.
다 떨어져 있지만 모두 함께 있지.
월요일이 화요일을 낳고
토요일과 일요일이 나뉘는 것처럼.
나와 너처럼 나라와 나라처럼 대륙과 대륙처럼
세상 모든 것은 조각보처럼 아름답지.
조각구름이 조각하늘을 낳지.
혼자 낳는 게 아니라 모두가 낳지.
조각하늘은 조각구름을 낳고
조각구름은 조각하늘을 낳지.
해와 달과 별과 새와 비를 낳지.
이곳은 저곳을 낳고
가까이는 멀리, 새파란 그리움을 낳지.

조각보

젖소를 보면
저 커다란 조각보 안에
잘 차려진 밥상이 있을 것만 같다.

젖소 눈망울처럼 송알송알
밥그릇 뚜껑엔,
군침이 흥건할 것만 같다.

좁쌀얼굴

얼굴이 큰 사람을
얼큰이라고 얕잡아 말하지.
호손의 '큰 바위 얼굴'이라는 소설
제목만을 꿔다가 조롱하기도 하지.
얼굴이 큰 게 무슨 몹쓸 죄란 말인가
말하고 꿈꾸는 대로 크게 이룬
주인공의 인품은 보지 못한다네.
우리말에는 좁쌀얼굴이 있지.
흩뿌린 좁쌀 한 톨도 빗나감 없는
커다란 얼굴을 말하지. 예로부터
쌀은 신랑 신부에게 뿌리지.
지금은 가난해서 좁쌀이지만
곧 부자가 되고 명성을 얻고
큰 바위 얼굴을 많이 낳으란 뜻이지.
얼굴이 좁쌀 같다거나
마음이 좁쌀만하다고 비아냥대지 말아야지.
좁쌀을 다 맞아주는 넓은 마음을 말하지.
좁쌀일망정 한껏 뿌려주는 축복을 말하지.
좁쌀얼굴은 큰 바위 얼굴이지.

종이호랑이

무서워하지 마.
세상은 종이호랑이야.
움츠러들면 진짜 호랑이가 덮치지.
엉덩이를 물어뜯고 뒷무릎에 송곳니를 박지.
쇠스랑 발톱으로 어깨를 찍고 등골을 파먹지.
간이 얼어붙고 허파에 구멍이 뚫리지.
살려주세요. 무릎걸음으로 기어다니며
허공의 바짓가랑이를 부여잡고 칭얼대지.
떨지 마. 세상은 종이호랑이야.
종이호랑이는 새벽 땀방울을 무서워하지.
땀방울 속 소금꽃을 보면 벌벌 떨지.
더운 콧김에 쏘이면 찔레덩굴 속으로 처박히지.
너는 그 종이호랑이에 색칠을 하고
강아지풀로 긴 눈썹을 달아주면 돼.
네가 어흥! 한 발 한 발 나아갈 때마다
호랑이는 머리를 땅에 붙이고 꼬리를 치지.
네가 토끼만 만나도 두려움에 떠는
종이호랑이가 아니라면.

주근깨

달걀 껍데기에도
주근깨가 있단다.
하지만 알을 깨고 나온
병아리 얼굴은 곱기만 하지.
걱정하지 마.
할아버지 얼굴은
메추리알 같지?
깻묵 같지?
검버섯이 핀 거란다.
저승꽃이라고도 부르지.
하늘나라 갈 때에는
메추리 새끼처럼
삐삐뽀뽀 노래 부르며
떠날 거야.

죽을힘

죽을힘도 없을 땐
죽을 먹어야지.
죽 먹을 힘도 없을 땐
죽을힘으로 죽을 먹어야지.

숟가락은 새 대가리를 닮았지.
개펄에 누워 마지막으로 죽지를 파닥이는
도요새의 머리와 부리를 닮았지.
도요새 발가락은 포크를 닮았지.

깨죽깨죽 먹지 말고
죽기 살기로 먹어야지.
도요새 다리는 젓가락을 닮았지.
이죽이죽 배죽대지 말고
고까워도 죽을 맞춰야지.
사나흘 죽을 먹어야지.

죽사발이 웃음이요
밥사발이 눈물이라.
아무리 힘들고 가난해도
죽싸게 놀려면 죽을 먹어야지.
히죽해죽 웃으며 죽을 먹어야지.

줄무늬

손금을 보고 싶다면
천릿길 걸어온 코끼리의 앞발바닥을 읽어라.
관상을 보고 싶다면
가난한 나라, 영양실조에 걸린
어린아이의 얼굴을 보아라.
삼베옷을 입고 있는 구십구 세
할아버지의 마지막 입술을 읽어라.
복숭아씨의 손금을 보아라.
호두알의 관상을 읽어라.
이태 뒤에 폭풍이 올 거라고 말해라.
십 년 안쪽으로 열매를 거두리라고 말해라.
고치를 찢고 번데기를 꺼내어 말해라.
네 주름을 보니 날개를 달 운명이구나.
고치 속에서 기다리고 있었다면.

쥐뿔

쥐뿔도 모른다고?
그야 다리 사이에 숨겨놨으니까 모르지.
쥐 거시기 말이야.
이마에 뿔까지 우뚝하다고 생각해봐.
반듯한 기둥이 남아났을까?
생쥐 앞에 고양이는 또 어떻고?
쥐뿔도 모르면서,
쥐뿔, 쥐뿔, 하지 마.
고양이 앞에 생쥐 꼴이라고?
정말 웃겨.

지우개똥

눈 씻고 찾아봐도 똥구멍이 없다.
지우개가 제 똥구멍부터 지웠나보다.

지우개밥

지우개밥이라고 부르면
지우개는 누룽지가 된다.

지우개똥이라고 부르면
지우개는 똥덩이가 된다.

지우개새끼라고 부르면
지우개는 어미 개가 된다.
지우개똥은 강아지가 된다.

흰둥이 어미개가
까만 개미를 자꾸자꾸 낳네!
지우개는 이상한 여왕개미가 된다.

진주알

세숫대야에
백합조개를 담가놓았다.
간이 안 맞는지
자꾸 맹물을 내뱉는다.
덩달아 모래와 펄이 다 빠져나온다.

모래 중에는
진주가 되는 게 꿈이었던 녀석도 있으리라.
진주는 조개의 욕이 뭉쳐진 것,
별의별 욕지거리 다 얻어먹으며
귀도 막고, 입도 막고, 코도 막고
오직 진주알이 되는 게 꿈이었던 녀석도 있으리라.

내 꿈은
먼저 모래가 될 것.
샘이 솟는 곳, 차가운 모래가 되어
바다까지 흘러갈 것.

진흙탕싸움

싸움은 즐겁지
풀잎 뽑아 풀싸움
봄꽃 활짝 피면 꽃싸움
사랑이 넘쳐 출렁대면 사랑싸움
손 한번 까딱하지 않는 눈싸움
축구장에서는 어깨싸움
연 날리면서 실싸움
공부하기 싫으면 지우개싸움
수학 문제 풀 때는 머리싸움
뻐마디 구멍나기 전에 엿싸움
물놀이할 때에는 물똥싸움
아, 나도 함께 실컷 싸우고 싶다
개펄 짱뚱어들의 배밀이
진흙탕싸움

징검돌

오늘은 결혼하는 날입니다.
오늘이 오려고 태초가 있었습니다.

당신이 첫울음 운 날을
가장 사랑하는 날이라고 고백합니다.

오늘 여기까지 따라온
당신의 징검돌을 사랑합니다.

앞으로 딛고 건널 작고 먼 징검돌을
내 두 발이 따라가겠습니다.

아니, 내 발이 먼저 나가
삐걱거림을 재우겠습니다.
세상에서 가장 귀여운
아기 발이 함께하겠지요.

오늘은 드디어 결혼하는 날입니다.
우리의 그림자가 두 배가 되었습니다.
곧, 세 배 네 배 다섯 배가 되겠지요.

강 건너까지 펼쳐놓을
우리의 산그림자를 사랑합니다.

징소리

징소리 같아야 한다.
울림과 울림 사이에
추임새와 꽹과리와 북과
장구 소리를 다 품어야 한다.
제 살빛으로 돌아가는 멍처럼
시나브로 감싸안으며 풀어야 한다.
모든 맥을 불러들여 놀아야 한다.
징검징검 걸음나비를 다스리는 맥놀이,
채를 놓치고 저 혼자 징징거리지 마라.
갓난아기의 피 묻은 이마가
첫 마치로 방바닥을 울릴 때처럼
다음 마치는 배냇저고리로 받아야 한다.
사람의 가슴은 징소리 같아야 한다.

짝사랑

꽃이
별을 우러러,
내가 너무 작다고 고개를 숙이네.

별이
꽃을 굽어보고,
내가 너무 멀다고 눈망울이 젖네.

찍소리

우린 찍소리뿐이에요.
사랑할 때에도
눈물 훌쩍일 때에도
찍소리만이 전부예요.
쥐도 풀벌레도 오목눈이도
찍소리로 태어나서
찍찍대다가 찍소리로 죽어요.
먹을 때나 먹힐 때에도
오로지 찍소리뿐이지요.
울지 마요. 고개를 들어요.
찍소리도 못하고 돌아와
새가슴을 치는 당신.
벌레만도 못하다는 말,
쥐새끼 같다는 말에
한숨 쉬지 말아요.
오목눈이 눈을 생각해요.
풀잎 장검을 뽑으며 외쳐봐요.
가슴을 쫙 펴고, 찍!
찍소리만이 진실이에요.

찔레꽃가뭄

가뭄못자리 어린모를
겨우겨우 살렸는데
다시 찔레꽃가뭄

새끼들 책 읽는 소리와
밥상머리 숟가락 부딪는 소리와
가문 논에 물 잡는 소리가
가장 듣기 좋은 소리라는데
찔레꽃잎 타들어가는
모내기철 찔레꽃가뭄

네가 책을 안 읽는 것도
밥알을 깨작거리는 것도
누군가에겐 찔레꽃가뭄
마른 찔레 덩굴 가시로
가슴을 찌르는 찔레꽃가뭄

참사람

난사람이 되려거든 못난 사람을
든사람이 되려거든 어리석은 사람을
된사람이 되려거든 못된 사람을
사랑하고 사랑하고 사랑하라
자기 자신이 못난 사람이라고 쥐어박고
자기 자신이 철부지라고 채찍질하고
자기 자신이 못된 사람이라고 입술 깨물며
사람 사이에 투명한 거울이 있다고
그 거울에서 늘 마주치는 코흘리개를 사랑하고
내가 또한 남을 비추는 금이 간 거울이므로
안간힘으로 버티며, 부서져 쏟아지지 않기를
날카로운 상처가 되지 않기를

참새가슴

물고기 중에 참씨는
참치 참오징어 참중고기 참놀래미 등

나무 중에 참씨는
참나무 참향나무 참조팝나무 참느릅나무 참오동나무 등

풀 중에 참씨는
참범꼬리 참바늘골 참명아주 참소리쟁이 참꿩의다리 참동의나물 참방동사니 참비녀골풀 참쇠고비 참미나리 참나리꽃 참황새풀 참나래새 참나래박쥐 참바위취 등

작은 동물 중에 참씨는
참왕퉁이 참우렁이 참바구미 참거머리 참지렁이 참소금쟁이 참갯지렁이 참검정풍뎅이 참눈섭밤나비 참산뱀눈나비 참귤빛숫돌나비 참박쥐좀진드기 참가막조개 등

새 가운데 참씨는 참새

소주 한 잔에 가장 맛좋은 안주라서 참씨를 붙였다지만

깃털만큼이라도 참이 아니라면
목숨쯤이야 아무렇지도 않은 자유와 혁명의 새떼이기 때문이다

한줌 우주가 할딱할딱
태초에 참새가슴이 있었기 때문이다

채찍비

들판에서 일하다가
소와 함께 만나는 큰비는
소나기라고 부르지요. 불어난 강을
소도, 나도, 잘 건너가야지요.

장터 생선 가게,
동태와 고등어 눈알에 쏟아지는 큰비는
장대비라고 하지요.
북어포와 마른멸치들이 헤엄치지요.

숲에 내리는 세찬 작달비는
모다깃비라고 하지요.
작은 새들이 깃을 모으고 기도중이에요.
비 맞으며 알 낳기는 싫어요!
날개깃으로 둥우리를 덮지요.

닭장 속으로 뛰어드는 중병아리
머리통이 삐뚤어지는 큰비는
달구비라고 하지요.
쇳덩이로 땅바닥을 달구질하는 것 같아요.
죄지은 사람들, 이불을 뒤집어쓰지요.

당산나무 밑이나
성당 추녀 밑에서 긋는 큰비는
채찍비라고 하지요.
복숭아나무 붉은 가지로
마음의 세숫대야를 후려치지요.

책거리

책을 다 떼면
작은 잔치를 열었지.
책씻이라고도 하지.
어림잡기 어려운 말이지만
책을 잘 읽는다는 건
거리를 하나 얻는 것이라고
한 장 한 장 마음을 씻는 것이라고
고개 끄덕이며 책을 펼치지.
거리 밖 먼길까지 환해지지.
어떤 게 좋은 책일까?
길을 품고 있는 책이지.
마지막 쪽까지, 쪽쪽
다 내어주는 책이지.
맑게 닦아주는 책이지.

책날개

겉표지를
안으로 조금 접은 걸
책날개라고 하지.
날개가 있으면 부리와 몸통도 있겠지.
그런데 이 새는 아무거나 먹지 않는단다.
사람의 눈! 목이 마르면
둘째손가락에 묻은 침을 핥아먹지.
가끔 스윽 손가락을 베어서
핏방울을 훔치기도 하지.

무서워 마!
새의 몸에 자주 들어가면
눈망울과 마음이 맑아져서
세상을 훤하게 꿰뚫어보지.
깃털처럼 가벼운 사람이 되지.
책날개 품으로 어서 들어오렴.
알을 깨고 나온 아기 새처럼
노란 부리를 쫙 벌리고
눈꺼풀 깜작이며.

첫눈

물결표 같은
산마루에서 첫눈 맞는다.
오, 첫눈! 가장 늦게 녹으리라.
막둥이까지 업고 겨울을 나리라.
업둥이들, 겨우내 뽀얗게 살이 오르리라.
에고 무거워! 서둘러 뛰어내린 일,
후회도 깊으리라. 하지만
저 첫눈! 겨우내 흙냄새 맡으리라.
오래도록 씨앗의 숨소리 들으리라.
새싹의 얼굴에 입맞춤하리라.
가장 낮은 꼭짓점에서 새싹 솟으리라.
고개 들어, 뜨거운 눈망울에 첫눈을 담는다.
높은 벼랑, 파란만장 위에
가장 먼저 첫눈 내린다.

첫사랑

내 목에 칼이 들어와도!
내 눈에 흙이 들어와도!

목숨부터 걸었건만.

첫술

첫술에 배부르랴.
어떤 일이든 단술에
만족할 수 없다는 뜻이지만
첫술에 배꼽이 꽃봉오리를 펼치는 것에
깨끗한 숟가락을 디밀자.
한술에 배부른 까닭은
남은 밥이 한가득인 까닭이고
함께 먹는 사람의 흰 이를 보면
먹지 않아도 배가 부르기 때문이다.
바라고 바라던 것에 첫술을 대자.
보고 또 보아도 눈이 부신 사람에게
복(福)자 숟가락과 눈웃음을 건네주자.
첫술을 뜨기 전에 마음이 고봉밥이 되는
그와 두레밥상에 마주 앉자.
첫술 뜨기 전에 종아리 걷어부치고
새벽 모내기부터 하자.

칠성무당벌레

나는 점이 많다.
별명이 점박이다.
나는 한 문장으로 말할 수 있는
단순한 사람이 아니다.
나에겐 까만 마침표가 많다.
복잡한 게 아니라 풍부하게 산다.
문장을 다듬듯 알뜰살뜰 산다.
밤하늘처럼 초롱초롱
추억의 문장이 빛난다.
당신이 주어일수록
더 반짝거린다.

ㅋ

코딱지

죽을 때까지 모으면
왕딱지 두 장은 접을 수 있을걸.

콧물

담쟁이는 발이 참 많다
내딛는 족족 벽에 달라붙는다
담쟁이는 매일 발을 낳는 동물이다
담쟁이넝쿨 무성한 건물은 신발장 같다
신발콧속에 숨어 있던 송사리처럼
붉은 벽돌로 만든 담쟁이 신발장에서
한여름 무더위도 건널 수 있을 것 같다
반짝이는 담쟁이의 신발콧등을 보며
나도 코를 팽하니 푼다 담쟁이처럼
연둣빛 콧물이 샘솟을 것 같다

콧방귀

냄새가 나지 않아서
그나마 다행이야.
냄새까지 독했다면
벌 받으면서 백 번도 더 뀌었을 거야.
담임선생님 벌렁코에
내 콧방귀를 겨눴겠지.
착한 나만 그랬겠어?

콩깍지

콩깍지는
콩을 털어내고 남은 껍질.
땔감이나 소여물로 쓰이지.
잘 썩혀서 거름으로 쓰지.
콩깍지 중에 몇 개는
사랑에 빠진 사람들 눈꺼풀이 되지.
콩깍지가 씌면
오로지 한 사람만 보이지.
콩깍지는 사랑을 지켜주는 눈가리개.
벗어졌을 땐 이미
콩알 같은 아기들이
엄마 아빠 부르며
콩, 콩, 콩 뛰어다니지.

콩나물

콩나물이
고개를 숙이고 있는 까닭은

한 번도 땅에 닿지 못한 발끝에게
기도를 올리는 거다.

검은 보자기를 쓰고
작고 노란 속잎으로.

콩칡뿌리

옛날 칡뿌리는
정말 굵고 길었단다.
캐도 캐도 끝이 안 보였지.
그건 아랫마을 가난한 집 곡괭이에
뿌리를 잇대고 있었기 때문이지.
배고픈 사람들이 단물을 쟁이고
실뿌리를 부풀려 알뿌리로 만들었지.
이제 칡을 캐려는 사람이 없으니
칡뿌리는 칡넝쿨이 돼버린 거지.
공부라는 것도 그렇단다.
물음표 작은 고리가 우주라는 외투를 걸치지.
콩칡뿌리를 캐다가
피라미드를 고깔모자처럼 쓰게 되지.
머리에서 꼬르륵, 먼저
칡꽃이 피는 소리가 들려야지.

콩털

콩잎에도 솜털이 있다.
사실은 콩 가시다.
누가 뜯어먹으려 할 때
입술과 혀를 찌르려고
바람과 햇살에 가시를 깎은 거다.

사람도 화들짝 놀라면
콩털이 가시처럼 선다.
등짝 푸른 이파리에
오소소 가시가 돋는다.
가슴이 콩알만해진다.

태초에 우리는 콩알이었다.
그러니까, 콩 한 알도 나눠 먹어야 한다.
같은 콩꼬투리에서 나온 사람을 만나면
금세 콩깍지가 씌는 까닭이다.

큰사람

큰저울로 달아도
큰마음 잴 수 없는 사람.
큰상에 큰절 받으며
큰살림 꾸리는 사람.
큰살림을 혼자 가꿀 수 있나요?
모든 사람을 품는 사람.
크다고 다 좋은 건 아니지요.
큰물은 작은 도랑으로 돌리고
큰바람은 실가지로 재우는 사람.
큰불은 가랑비로 토닥이는 사람.
큰소리치는 사람에겐 귓속말로
사랑한다고 속삭이고
잔소리 많은 사람에겐
딱 한 번 큰소리치는 사람.
다른 사람이 우러르기 전에
어느새 바닥으로 내려가서
붉게 피어나는 아라연꽃.

키꺽다리

키꺽다리 멀대라고 놀리지 마.
키가 작고 마음이 좁은 땅딸보는
나무를 봐도 밑동만 가늠하지.
거친 나무껍질만 매만지지.
나무의 나이와 쓸모만 헤아리지.
마음이 크고 넓은 사람은
우듬지에 반짝이는 햇살을 보지.
새의 발목을 흔드는 봄바람과
나뭇잎과 새들의 합창 소리를 듣지.
햇살이 그늘로 앉기까지
몇 개의 나뭇잎을 거치는지 굽어보지.
나무 그늘에 든 지친 사람의
한숨과 어둠을 토닥여주지.

E

터무니

터무니는
터를 잡았던 무늬지.
터무니없다는 말은 좋은 말이지.
새가 앉았다 날아간 자리, 깨끗하지.
벌 나비가 밥 먹고 간 꽃자리,
향기만 더 짙어졌지.
물고기가 지나간 자리,
정말 터무니없지.
사람이 묵었던 자리도
터무니없어야 하지.
사람이 머물다 간 마음자리엔
향기와 따스함만이
타래져 있어야 하지.

턱밑

턱밑을 노리지 마라.
가까이에 숨통이 있다.
순가락 들락거리는 터진 입이 있다.
으르렁거리는 송곳니가 있다.
피맛을 기억하는 세 치 혀가 있다.
포도청도 무서워하지 않는 목구멍이 있다.
누군가의 턱밑까지 쫓아가지 마라.
치욕에 민감한 멱살이 있다.
어깨를 내어줄 때까지 기다려라.
기어오른다고 느끼는 순간
어깨너머 낭떠러지로 메다꽂는다.
턱밑은 화가 차오르는 곳
턱밑은 눈물이 모여드는 곳
함께 가는 것이지
짓밟고 넘어가는 게 아니다.
턱밑 어둡고 그늘진 가슴까지만
반딧불이처럼 다가가자.

턱받이

물받이는 넘치고 넘쳐도 떨어지는 물의 힘을 감싸안는 것
흙받이는 부서지고 흘러내려도 흙의 무게를 견디는 것
재받이는 숯불에 데어도 불티가 날아가지 않도록 재우는 것
화살받이는 화살처럼 쏟아지는 비난에 과녁이 되어주는 것
총알받이는 날아오는 총알에 앞장서서 심장을 내어주는 것
씨받이는 그 어떤 것보다도 무겁고 슬프고 어둡고 뼈아픈 것
턱받이는 아이의 턱에서 침과 음식을 조금씩 받아먹는 것
아픈 사람과 노인의 턱밑 낭떠러지를 지키는 것
웃는 아기의 꽃가루받이, 아픈 사람의 양지받이가 되는 것
첫 이유식부터 마지막 밥상까지 함께하는 숨길 위 꽃밭

토끼뜀

토끼뜀을 할 때마다
불량 토끼처럼 입을 샐쭉거리지요.
벌받는 대로 착해지면
토끼는 하느님이 됐겠다고.
천사 토끼처럼 날개가 돋았겠다고.
토끼는 언제나 토끼뜀을 하지만
도망치기 바쁠 뿐이라고.
아시나요? 토끼를 키우며
흰 거품 일렁이는 파도를 쓰다듬는 것을.
파도를 토끼뜀이라고도 한다는 것을.

토막구름

나무토막은 떠나온 통나무를 생각합니다
토막낚싯대는 몇 번째 토막인지 잊었습니다
토막생각은 생각 없던 몸통이 아직도 밉습니다
토막글과 토막집은 문패를 꼭 달아보고 싶습니다
토막구름은 처음 만난 뭉게구름에 포옥 안겼습니다
막 냉장고에서 나온 토막고기는 숯불 가까이로 갔습니다
쇠토막은 곧 엿토막을 만날 거라며 질질 녹물을 다십니다
바늘토막은 어디에도 쓸모없는 반토막이 됐다며 실없이 웃습니다
토막토막들은 토막구름처럼 토막토막, 또박또박, 토막여행을 떠납니다

II

파김치

나는 들숨만으로
꼿꼿하게 꽃을 피우지.
장마에 비바람 몰아쳐도
깊은 숨으로 힘을 모으지.
뿌리 끝까지 순백의 마음으로 살지.
숨통에 양털을 품고 붓털을 피우지.
너도, 심호흡 한 번만으로
한때 마음이 하늘에 닿았겠지.
그래, 파김치가 된다는 건
마지막 숨을 몰아쉰다는 거지.
괜찮아. 파김치가 됐을 땐
숨죽은 파김치를 먹는 거야.
내 좌절의 쓴맛으로
한 호흡 건너뛰는 거지.
잠시 직립의 욕망을 놓고
새 숨결을 기다리는 거지.
대파처럼 주먹을 쳐들 때가 올 거야.
파란 하늘에 흰 붓을 세우는 날이.

팔베개

우리 몸에
베개는 있는데
요와 이불은 없지.
그건 땅을 요로 삼고
하늘을 이불로 삼으란 거지.
우리 서로 팔베개하고
별을 세어볼까.

팽이치기

팽이네 인사는
맞을수록 돌아가라.
팽이네 식구는 늘 돌았다.

팽이네 가훈은
바쁠수록 돌아가라.
팽이네 가족은 정말 돌았다.

풋사과

풋사과는
푸른 이파리 속에 숨어
햇살과 숨바꼭질을 한다.
햇살이 간지럼 태우고
이파리가 볼을 토닥이면
풋, 참았던 웃음이 터진다.
풋사랑도 가슴 가득
푸른 물결이 일렁인다.
처음으로 찾아온 그리움과
출렁출렁 넓어졌다가
두근두근 죄어드는 이 마음졸임에
풋, 눈물 둑이 터진다.
각시풀 뽑아 만든 풀각시 인형처럼
손길이 닿으면 시들 것만 같다.
너무 익어서 문드러진 열매는
풋열매로 돌아가서 차오르던 단물을 맛보고 싶다.
땡감처럼 쓴입 다시며 말하고 싶다.
풋열매가 단단하지요.
이파리만한 입술로
풋, 사랑해요.
사과하고 싶다.

ㅎ

하루바삐

하루치, 하룻밤, 하룻별, 하룻길,
하루저녁, 하루아침, 하루빨리, 하루건너,
하루바삐, 하룻강아지, 하루가 새롭다.

봄에 하루 놀면 겨울에 열흘 굶는다.
하루 죽을 줄 모르고 열흘 살 줄만 안다.
하루가 멀다. 하루하루, 하루가 다르다.

이런 말들은 하루살이 학교
하루살이 국어사전에는 없다.

세상 모든 사전에는
있는 말보다 없는 말이 많다.

입을 닫기 전
수많은 날들의 말은
날개를 달은 뒤 잊혀질 뿐.

한물

한물갔다고 말하지 마라
지금이 한창때라고 축복하지도 마라
메뚜기 앞에서 유월 메뚜기도 한철이라고
곧 된서리가 내릴 거라고 비웃지 마라
곧 끝물이 올 거라고 겁주지 마라
끝물이 더 달콤하다고 침 삼키지 마라
지는 해가 눈부시다고 소리치지 마라
새싹이 돋고 꽃바다가 펼쳐졌다고 한물인가
주렁주렁 열매가 한창이라고 한물인가
크고 때깔 좋고 풍성하면 한물인가
새싹은 씨앗의 끝물이고 열매는 꽃의 끝물인가
그래서 언제나 지금은 끝물인가
물은 물로 이어져 언제나 한물이다
내 안의 핏줄은 늘 한물로 흐르고 있으니
한물갔다고 혀를 차지 마라
한물은 가는 게 아니라 오는 거다
피가 다 빠져나가 노을이 될 때까지

한우물

한우물만 파리라
깊이 들어앉으리라
먼저 땅속 샘 줄기를 찾으리라
산에서 낮은 데로 가리라
꺾어 쥔 버드나무 가지가, 확
휘어지는 곳에 무릎을 꿇으리라
개구리가 노래를 부르는 곳으로 가리라
물 좋은 사람과 같이 가리라
물 만난 물고기처럼 춤을 추리라
한우물에서 길어올린 물로
한솥밥을 지으리라
마른 뿌리를 적시리라
끝내 내가 한우물이 되리라
나를 깊이 파먹도록
두터운 땅이 되리라

할미꽃

할머니 무덤 옆 할미꽃
집에 데려오고 싶었지만 그냥 왔어.
할아버지가 심심하실까봐서.

많이 굽었지?
눈이 침침해서 그래.
할아버지가 장만한
새집이 궁금해서 들여다보는 거야.
세상에 나올 때 머리부터 나왔으니까
땅속으로 갈 때에도
머리부터 들어가야지.

해쑥

새로 나온
여린 쑥입니다.
첫인사를 드리려고 하니
쑥스러워서 솜털이 돋네요.
열심히 쑥스럽게 살겠습니다.
들쑥날쑥 다르게 살겠습니다.
절대로 쑥덕거리지 않겠습니다.
나를 뭉개어 다른 누구를
쑥물들이지 않겠습니다.
쑥쑥 쑥스럽게 자라겠습니다.
오로지 쑥스럽게 살겠습니다.

햇귀

밭귀는 밭의 귀퉁이를 말하지.
그런데 밭의 귀라고 생각하면
혼자 일할 때에도 무섭거나 심심하지 않지.
마당귀는 마당의 귀퉁이일까.
걱정과 설렘을 배웅하고 마중하는 넓은 귀가 아닐까.
바늘귀는 귀를 쫑긋 세우고 무슨 말을 들을까.
실마리에 침 좀 묻히지 마!
바늘같이 뾰족한 제 목소리나 들을까.
바느질하는 사람의 한숨과 기도는
올올 어디에 어떤 무늬로 서려둘까.
이불귀는 귀퉁이마다 귀가 네 개나 되지.
이불은 숨이 막힐 때까지 끝까지 들어주지.
사람들은 힘들거나 속상할 때마다
이불을 뒤집어쓰고 병든 곰이 되지.
항아리에 머리를 처박고 울 때도 있지.
항아리에도 귀가 두 개나 있으니까.
기다란 귀때가 달린 것도 있으니까.
햇귀는 해가 뜰 때 퍼지는 첫 햇발을 말하지.
아주 먼 옛날부터 햇귀가 있었지. 하느님은
무엇이든 귀부터 만들었지.

허깨비걸음

나는 밤나무다.
너도밤나무도 아니고
나도밤나무도 아니다.
너도밤나무란 비아냥거림도 싫고
나도밤나무란 버젓하지 못한 이름도 싫다.
나는 낮에도 밤나무다.
깜깜한 알밤 속, 떡잎 이전부터 밤나무다.
밤길 헤매는 허깨비걸음이 아니다.
오른손으로 치면 오른쪽으로 돌고
왼손으로 치면 왼쪽으로 도는
팽이가 아니다.
나는, 나는 밤나무다.

혀꼬부랑

혀는 한 가닥인데도 꼬일 때가 많다.
삼키는 진실과 솟구치는 거짓이 외가닥 혀를
꽈버리는 것이다. 천 개의 불혀. 허공마저
날름거리는 붉은 덩굴손. 입안에 굴을 판
불여우의 잘린 꼬리. 주름진 똥구멍에 쉿!
집게손가락 한마디. 꼬일수록 솟아나는 혓바늘.
쉬 슬은 한 점 고깃덩어리. 수직 낙하,
입 쪽으로 조문 가는 눈물이여.

혓바늘

일이 산더미야.
격정이 태산이야.
도통 입맛이 없어.
도대체 잠이 안 와.
병아리처럼 졸기만 해.
모든 게 피곤할 뿐이야.
이럴 때, 정신 좀 차리라고
불에 달군 바늘 한 쌈이
부드러운 혀에 찾아오지.
잘 먹고 푹 쉬고
시름 걱정 날려버리고
무엇보다도 잠부터 자라고
말 안 듣고 몸을 자꾸 망가뜨리면
입을 꿰매겠다고
목젖에도 입술에도 쇠바늘을 꽂겠다고
한 꾸러미 붉은 바늘이
혓바닥에 선물로 박히지.
네 몸이 네 것인 줄 아느냐고
따끔하게 침을 놓지.

호박고지

호박벌이나
호랑나비의 크기를 생각하면
호박꽃이 너무 커다랗다는 생각이 들다가도,

애호박 일곱 개에
늙은 호박 두 개뿐이라고 생각하면
호박덩굴이 참 기다랗다는 생각이 들다가도,

울타리에 주렁주렁 매달린 호박고지를 생각하면
호박꽃은 더 크게 웃어도 되고
호박덩굴은 아랫마을까지 열 바퀴쯤
돌고 돌아도 되겠다는 생각이 든다.

호박전, 호박찜, 호박김치, 호박범벅
호박죽, 호박엿, 호박지짐이, 호박오가리,
청둥호박나물, 호박된장찌개를 다 늘어놓고
호박 음악대를 만들어도 되겠다는 생각이 든다.

늙은호박 속에서
겨우내 호박 등 밝히고 만화책이나 읽으며
호박씨나 깠으면 좋겠다는 생각이 든다.

호박벌

또 왔구나. 못생긴
호박꽃에 놀러와줘서 고마워.
노란 반바지를 지어놨어.
속옷까지 노란색이라서 촌스럽지?
그래도 짜증 안 내고 입어줘서 고마워.
몇 벌 껴입어도 좋아.
네가 주고 간 초록 보따리가 커다래졌어.
너도 내가 좋지? 알아.
네가 씩씩하게 붕붕거리는 건
노란 옷을 좋아하기 때문이란 걸.
개가 목청 돋워 짖는 건
개밥바라기별 때문이란 것도.
하늘엔 별, 바다엔 불가사리.
땅에는, 네가 좋아하는 노란 옷가게.

호박부침

기린아
애호박부침이
노릇노릇하구나

긴 목은
프라이팬 손잡이

누굴 주려고
그 많은 부침개
부치고 있니

나뭇잎으로
지글지글

온몸으로
호박전 부치는
기린 아줌마

홑이불

홑이불은
따뜻한 불 한 장.
이불은 훗훗한 불 두 장.
요기에 불을 놓으라고 요를 깔지요.
잘 때 이불을 차버리는
나는, 이 불이 꺼질 때까지
희나리 장작.

황금들판

네모반듯한
금괴 사이에 콩 포기가 자란다.
새들이 금덩이를 쪼아먹을까봐
허수아비가 깡통을 두드린다.
저 금덩어리가 초록이었을 때는
개구리가 합창 연습을 하고
미꾸라지가 방귀 뀌기 놀이도 했다.
금을 만든 건 메뚜기일까?
우렁이일까? 거름일까? 햇살일까?
땀방울일까? 어슬렁거리던 백로일까?
논두렁이 물음표 모양으로
황금 똥을 눈다.

황소걸음

아버지가 소 팔러 간다.
우리집 늙은 황소는
오늘따라 황소걸음이다.
아버지도 황소걸음이다.

황소눈

황소 이마에 떨어진
홍시 한 알

까치밥으로 남긴 거야.
황소 뿔에서
까치가 깝죽깝죽

고삐 당겨
감 떨어지기만 기다렸어.
홍시 묻은 눈망울을
핥아먹는 황소

달걀 같은
황소 눈알에서
병아리가 깨려나?

누운 황소 엉덩이에 올라
삐약삐약, 동생을 부르는
노란 서리병아리들

회오리바람

조그만 회오리바람을 보여줄게.

밤송이가
뾰족한 가시로 꽁꽁 가둬놓았던
단단한 회오리밤을 꺼내놓았어.

걱정 마.
이제 날아가지 못해.
껍질 속에 깃털을 모아놨거든.

구르는 재주밖에 없지.
불 속에 넣으면 펵!
날아오를지도 모르지만.

흙이불

죽은 사람이
덮고 자는 이불이다.
겉감은 잔디를 쓴다.
이불은 개지 않는다.
최고의 잠꾸러기다.
절도 두 번씩이나 받는다.
흙침대 위에 덮는
마지막 이부자리다.

흙장난

흙은 지렁이와 함께하는
간지럼 태우기 놀이를 좋아해.
비좁다고 식식거리는
감자 고구마 무의 밀치기 놀이를 좋아해.
뛰틀을 밟고 뛰어오르는
샘 줄기의 분수 놀이를 좋아해.
빨리 흙으로 돌아와야 하는 썩을 것들의
방귀 뀌기 놀이와 트림 내뿜기 놀이를 좋아해.
다리기둥과 나무뿌리를 꽉 잡고 놔주지 않는
몸통 조이기 놀이를 좋아해.
씨앗을 부치려고 깊이 갈아엎는
발바닥 긁기 놀이와 업어치기 놀이를 좋아해.
그 무엇보다도 조몰락조몰락
손가락을 비집고 다니는
흙장난을 좋아해.

힘줄

힘줄 중의 힘줄은
무엇이 있을까

맨 처음 만난 힘줄은 탯줄이고
놓지 말아야 할 힘줄은 밥줄과 목숨줄이 있지
태워 없애야 할 힘줄로는 똥줄이 있지

또 어떤 힘줄이 있을까
태어나자마자 나를 지킨 금줄
기저귀를 보송보송 말려준 빨랫줄
젖 먹던 힘줄로 당긴 줄다리기 동아줄

소풍 때 타본 케이블카 쇠밧줄
우리집 통통배를 지켜주는 닻줄
책 속 어딘가에 숨어 있다가
갑작스레 나타나는 붉은 밑줄

그 무엇보다도
혜림이 앞에서 내 자존심을 지켜준
수영 팬티 낡은 고무줄이
힘줄 중의 힘줄이지

지금은 언어의 마음을 읽을 시간입니다

김정숙(문학평론가)

1

이정록 시인의 『동심언어사전』은 「가갸날」부터 「힘줄」까지 316편의 시편들로 엮은 사전 형식의 시집입니다. 두 단어가 결합된 복합어를 시 제목으로 삼고 그 언어의 의미를 시화하는 방식은 여느 시집과 결이 다른 , 지금까지 볼 수 없었던 매우 새롭고 독특한 구조입니다. 이 시집은 하나의 언어가 다른 언어를 만났을 때 본래의 의미가 어떻게 확장되는지, 그 언어들에 깃든 사람들의 다양한 마음에 주목합니다. 시집 속 언어들은 퍼즐을 맞추어가듯 연결되어 마음의 그림을 보여줍니다. 시집을 읽다보면 나와 너 그리고 우리 마음의 다양한 형상과 풍경에 공감하게 됩니다. 때로 새로운 언어와 표현을 만날 때면 미지의 것을 발견한 듯 신선하고 기쁘기도 합니다. 그 언어에 스며 있는 마음의 중심에 이르고자 한 시인의 눈길과 시적 노정에 새삼 경외의 마음이 듭니다.

시인은 '황소걸음'과 '콧방귀'에서 시적 영감을 얻었다고 합니다. 늘상 무심하게 써온 두 단어가 강렬하게 뇌리를 스친 순간, 시인은 언어들이 만나는 과정에 사람들의 마음이 강하게 작용하고 있다는 것을 직관적으로 느끼게 된 것이지요. 그리고 그것은 맑고 천진난만하고 호기심 많은 '동심'에서 비롯되고 있음을 깨닫게 됩니다. '동심언어'는 깊고 넓은 인간의 마음이기 때문이지요. 『동심언어사전』은 언어와 언어가 만나는 기원을 탐색한 동심 여행입니다.

아버지가 소 팔러 간다.

우리집 늙은 황소는
오늘따라 황소걸음이다.
아버지도 황소걸음이다.

—「황소걸음」 전문

'황소걸음'이란 말은 어떻게 생겨났을까요. 아버지와 황소는 오랜 시간을 함께 보냈습니다. 황소는 땅을 갈아 농사를 짓게 해준 아버지의 든든한 일꾼이지요. 아버지는 꼴을 베어주고 쇠죽을 끓여주고 등을 긁어주며 황소에게 고마움을 전했겠지요. 아버지와 황소가 벗이 되어 청춘을 보내는 사이 아버지와 황소는 함께 늙어갑니다. 그리고 이제 서로를 떠나보내야 한다는 것을 말하지 않아도 알게 되었을 겁니다. 장날 아침 황소는 느릿느릿 걸음을 떼고, 아버지 또한 황소걸음을 닮아 장터에 닿기까지 한참이나 걸렸습니다. 어쩔 수 없이 이별해야 할 때, 무거운 마음으로 뒤돌아서야 할 때, 두 걸음을 보며 우리가 살면서 겪을 작별의 순간들이 떠오릅니다. 황소걸음이란 말에는 고맙고 그립고 안타까운 여러 감정이 섞여 있어요. 누군가 마지못한 듯 황소걸음을 걷고 있다면 어떤 이유에서든 그의 눈망울은 촉촉하게 젖어 있을 것 같아요. 시인이 발견한 동심언어들에는 이렇게 이야기와 감정과 마음을 서리서리 숨겨두고 있지요. 『동심언어사전』은 겹겹이 쌓인 마음들을 '구비구비' 펴서 우리에게 건네준 마음의 풍경 같습니다.

2

열 길 물속은 알아도 사람 마음은 알기 어렵다는 속담이 있지요. 마음은 깊고 넓은 듯 평화롭다가도 돌연 휘몰아치고 헤아리기 어려운 어떤 미지의 세계와도 같아요. 존재하나 보이지 않는 바람과 많이 닮았지요. 나뭇잎이 흔들릴 때 바람을 느낄 수 있는 것처럼, 바람은 혼자서가 아니라 나무를 만나서야 자신을 드러냅니다. 사람의 마음도 언어와의 만남이 있어야 다른 마음에 가닿을 수 있습니다.

수많은 사람과 대상들 중에 당신을 만난 일은 참으로 놀라운 일입니다. 만남은 어떤 운명과도 같이 서로가 길들여지고 마음 쓰이게 된다는 의미이니까요. 물방울 하나가 다른 물방울과 합쳐져 둥그렇게 커지듯 낱말과 낱말이 서로를 만나고 그 안에 마음과 마음이 겹쳐지고 포개져 의미가 동심원처럼 퍼져나갈 겁니다. '사이시옷'처럼요.

시인은 시옷을 좋아해.
사이시옷을 가장 좋아해.
시 읽기는 사이시옷 찾기야.
시 쓰기는 사이시옷 숨기기야.

별은 사이시옷 꼴로 빛이 나고
고슴도치는 사이시옷으로 옷을 깁지.
나뭇가지는 사이시옷으로 새잎을 품고
샛강 연어는 끊임없이 사이시옷을 타고 올라가지.

오이 넝쿨은 사이시옷으로 새순을 틔우고
사이시옷으로 덩굴손을 건네지.

사랑도 사이시옷 만들기야.
사이시옷은 사람과 닮은꼴이지.
풋사랑에서 하나를 만들고
첫사랑에서 억만 개를 감싸 안지.
사랑은 끝없이 언제나 첫사랑이니까.
손깍지 속에는 사이시옷이 몇 개나 될까.
사랑하면 다 시인이 되지.
시인은 세상 모든 사이시옷과
손깍지를 끼는 사람이니까.

새도 사이시옷에 둥우리를 틀고
시옷 부리로 노래 부르지.
사이시옷 솜털로 알을 품지.
사이시옷 발가락으로 첫울음을 굴리지.

—「사이시옷」 전문

이 시집의 서시로 삼아도 좋을 「사이시옷」은 동심언어의 가치와 의미를 모두 담고 있는 시예요. 사이시옷은 새로운 하나의 언어와 하나의 언어, 읽기와 쓰기, 찾기와 숨기, 한 세계와 한 세계를 잇는 빛과 옷이에요. "시인은 세상 모든 사이시옷과/ 손깍지를 끼는 사람"이고 동심언어는 그것을 품고 키우는 약속이지요. 새끼손가락을 걸어 약속을 하는 사이시옷은 사람 인(人)자를 닮았네요. 마음은 사랑이라는 오래된 생각을 더욱 깊게 느끼게 해준 따듯한 사이시옷입니다. 그래서 슬픔과 슬픔 사이, 웃음과 웃음 사이, 그리고 들숨과 날숨 사이의 사이짓기가 소중하지요. 공존하는 '사이'의 틈새가 없다면 세상은 존재하지 않았을지도 모르겠어요. 대상과 대상이 관계 맺는 사이의 존재성을 존중하면 더 많은 것들을 나눌 수 있습니다.

사이의 시간은 '새벽'을 닮아 있습니다. 밤과 낮을 잇는 생성의 시간, 깊은 숨을 새숨으로 바꾸는 변화의 시간, 후회하고 반성하는 나를 희망과 의지로 단련케 하는 인간의 시간, 지상의 꽃이 천상의 별과 서로의 얼굴을 비추는 만남의 시간입니다.

3

『동심언어사전』은 동심의 놀이터입니다. 아이들의 까르르 웃음소리가 퍼지는 그곳에는 수평을 맞추려 몸이 긴장하는 시소 타기가 있고, 두 발을 굴러 하늘로 그네를 밀어올리는 황홀한 감정들이 섞여 있지요. 밝고 아름다운 마음, 투명하고도 여린 마음, 슬프면서 강한 마음, 재미지고 유쾌한 마음, 안쓰러워 고운 마음들이 『동심언어사전』에 자리하고 있습니다. 설레고 간절한 마음들의 빛깔과 목소리가 담겨 있습니다. 살아가면서 겪게 되는 기쁘고 슬프고 화나고 즐거운 감정들과 아, 이거였구나 하는 발견과 감탄의 시편들이 보석처럼 빛나고 있지요.

이 놀이터에는 신체(몸) 언어와 살이의 만남, 작은 존재들과 존재들의 만남, 자연현상과 감정어의 만남들이 다양하고 풍부합니다. '알'과 만난 물알, 밥알, 알통, 배알, 밀알은 튼실해지는 되기의 시간을 연상케 합니다. '가슴'과 만난 가슴우리, 가슴놀이, 참새가슴에는 신명, 애탐, 좌절의 감정들이 오롯이 느껴지지요. 손거울, 손깍지, 손톱여물, 꽃손처럼 '손'으로 연결된 몸-언어와 '꽃'과 '별'로 연결된 자연-언어, 잠옷, 양말구멍, 꼬부랑국수, 지우개밥, 움집, 가을마당처럼 '옷' '음식' '집'과 연결된 생활-언어에, 앓고, 화나고, 밉고, 울고, 웃는 언어가 결합되어 '삶-언어'를 이룹니다. 바닷속 방울과 사막 속 안 모래알과 나무 속 떡잎은 하나이며 여럿이고 전체이며 부분인 알음알음들이지요. 시 「알음알음」은 모든 생명은 연결되어 있고 모두가 서로의 인연임을 그립고 신비하게 노래합니다.

혀로 느끼네, 단맛
마음까지 당기네, 감칠맛
아지랑이 피어나네, 봄맛
눈이 좋아하네, 눈맛
읽고 또 읽고, 글맛
입에 꽃이 피어나네, 말맛
귀가 쫑긋해지네, 귀맛
요리와 낚시는 즐거워라, 손맛
찰싹! 에고 아파라, 된맛

오랜 가뭄에
마른 흙과 뿌리와 이파리가
쩝쩝, 쪽쪽, 팔랑팔랑, 빗맛
이제야 힘이 솟네, 거름맛
풀 나무 살아나니
시름맛은 도랑 따라 흘러가고
밥맛이 돌아오네.
살맛이 살아나네.

—「빗맛」 전문

시인은 '빗맛'을 온전하게 전하기 위해 열세 개의 맛과 그에 관련된 상황을 불러옵니다. 생동감을 부여하는 의성어와 의태어, 속도감 있는 리듬 등이 경쾌한 즐거움으로 다가오지요. 그로 인해서 우리는 다양하고 흥미로운 맛의 세계를 알게 되고, 마른 흙과 뿌리와 이파리가 얼마나 간절하게 비의 '맛'을 보고 싶어했는지 짐작하게 됩니다. 여기에는 농경에 바탕을 둔 우리의 오랜 문화와 무언가를 깊이 바라는 보편적 마음이 흥겹게 담겨 있습니다.

이처럼 시인의 눈에 포착된 언어들은 작고, 낮고, 소박하며 따듯한 마음과 시선을 품고 있습니다. 때로 고되고 가난하고 원망스럽고 두려운 마음들을 내보이며 동시에 포근하고 다감하게 포용하는 지혜와 웃음의 힘도 있습니다. 용기 없음과 척하며 사는 위선에 '거지발싸개'라며 쓴소리도 하고, 소외되고 약한 이웃들을 아픈 눈물로 바라보기도 합니다. 부러움과 자책의 가시도 비죽 솟아 있지요. 『동심언어사전』은 여러 길로 갈라져 삶 속 곳곳에 스며든 마음들에 현재를 살아가도록 입김을 불어넣습니다. 상상과 놀이의 숲에 함께하는 이 마음들이 어찌 아름답지 않겠는지요.

그런데 세상 사는 일이 달콤하고 포근하기만 하겠어요. 일상에서 부딪히는 문제들과 고민들, 그리고 때로 평온함을 위협하는 것들에 인격을 부여하는 말들이 생겨난 걸 보면 위기를 대하는 사람의 태도를 알 수 있지요. '병'을 '마마'나 '손님'으로 부르고, 파도가 하얗게 포말로 부서질 때 바닷가 어부들이 그것을 '메밀꽃'이라고 부르는 것처럼요. 거친 바다에서 힘겹게 노동하는 어촌 사람들에게 운명과도 같은 파도는 때로 그들의 목숨을 위태롭게도 했을 겁니다. 거친 파도에 꽃 이름을 붙이며 생명의 안녕을 기원한 마음들이 지혜롭고 애틋합니다.

녹록하지 않은 일상과 말 못할 처지와 고통들이 인생이라는 보자기에 싸여 있지요. 『동심언어사전』에 천진난만한 동시와 묵직하고 웅숭깊은 어른시가 함께 노닐고 있는 까닭입니다.

아기보자기에서 나와
책보자기 펼쳐 공부하고
떡보따리 풀어 함께 먹고
이야기보따리 끌러
웃음보따리 나누다가

짐보따리는 이고 지고
일보따리 품앗이로 풀어헤치다가
빚보따리와 욕심보따리에 한숨도 짓고
욕보따리에 눈도 흘기다가
다시 말이 많아져서 고시랑고시랑
이야기보따리 풀어놓다가
삼베보자기에 싸여
무덤보자기에 캄캄하게 누웠다가
하늘보자기에 포옥 안겨
구름보따리로 떠나간다.
보따리에서 술술 새어나온 몇은
다시 이야기보따리가 되는데
그중 책보따리에서 나온 자서전이
다른 이의 마음보자기로 옮겨가서
오래도록 꽃보자기로 핀다.
이야기꽃 타래가 된다.

—「꽃보자기」 전문

「꽃보자기」는 사람이 나고 자라 숨을 거둘 때까지 지나는 삶의 풍경이고 인생길입니다. 보자기에 그려진 책과 떡과 이야기와 웃음과 일과 빚과 욕심과 욕과 삼베와 무덤과 하늘과 구름은 사람만이 피울 수 있는 꽃입니다. 그 이야기에는 남의 운명에 손가락질하거나, 남의 삶을 비웃는 인간의 속됨과 남을 조롱하거나 비아냥거리며 업신여기는 상황에는 가차 없는 독설과 풍자의 일침도 있지요. 유쾌한 풍자의 언어는 눌리고 억압된 가슴의 응어리를 풀어주곤 합니다. 예상치 못한 엉뚱함과 재치 있는 유머와 말장난도 빼놓을 수 없는 양념이지요. 세상에 주눅들지 않는 당당함과 자신을 내어놓는 일의 소중함도 있답니다. 땀흘려 일하는 수고로움과 자기의 처지와 현실에 긍정하는 삶의 태도도 깃들어 있지요. 그런가 하면 다른 사람의 상처에 아파하는 뜨거운 눈물도 있고요, 사계절의 변화와 변함없는 질서에 대한 경이로움도 담겨 있습니다.

그 꽃보따리들이 마음보자기로 오래도록 전해져 인간의 역사는 이어져왔지요. 이야기꽃 타래는 우리 모두의 들숨과 날숨의 은유입니다. 과거와 미래를 잇는 기억의 현재입니다. 이렇듯 동심언어는 실제 삶에 내려 있는 닻입니다. 어린아이의 눈길과 천진함을 간직하고 있으며 시공을 지나온 오랜 사람들이 함께 가꿔온 삶의 흔적이며 무늬이지요. 『동심언어사전』은 환하게 웃다가도 인생의 비밀과 우주의 신비로움을 느낄 때의 서늘함까지 참 다양한 표정을 지니고 있습니다.

4

『동심언어사전』을 읽다보면 그간 눈여겨보지 않았던 말과 의미가 새롭게 다가옵니다. 『동심언어사전』이 아니면 '닭알주먹' '사자고추' '나비잠'을 어떻게 만났을까요. 피망의 우리말인

사자고추란 이름을 누가 맨 처음 붙였을까요. 매니큐어의 우리 말인 '손톱그림'도 참 좋지요. '나비물'이란 말도 반가워요. 무지갯빛으로 달리는 말갈기가 나비로 변해 사뿐하게 내려앉으면 메마른 마당은 숨을 쉬며 기쁨의 노래를 부르겠지요. '토끼뜀'이 파도의 다른 말이라는 것도 신기합니다. 귀를 잡고 폴짝 뛰면 파도가 일렁이며 다가오는 거였네요. 한 솥 안에 진밥, 된밥, 물가 가장자리밥이 함께 있다는 것을 아시나요. 하나의 밥이 여럿의 이름을 지닐 수 있는 것은 언덕을 만든 이의 속 깊음과 배려가 있어서겠지요. 빌어먹고 사는 일, 일상을 끈끈하게 붙잡아주는 웃음 한 공기를 품은 '언덕밥'은 이름도 의미도 '밥심'만큼 든든합니다. 눈물이 있어야 세상을 볼 수 있고 인생이라는 시간을 건널 수가 있지요. 그래서 시인은 '눈물샘'에는 환한 사랑의 두레박을 던져야 한다고 말합니다.

눈에 불을 켜려면
가슴부터 타올라야 해요.
온몸이 기름등잔이 되어야 해요.
세상은 겹겹 어둠을 옻칠하는데
몸안의 불빛은 옴짝달싹 못해요.
마른침을 만 번쯤 삼키다보면
하얀 심지가 눈망울 쪽으로 용트림하지요.
이제 불이 붙을 때까지 눈에 힘을 주어요.
아, 당신이 어둠 속에서 꽃대를 올리셨군요.
꽃은 지구의 불 가슴에서 핀 눈심지지요.

꽃에서는 모두 불내음이 나요.
불내음은 까만 씨앗만 남기고 구름이 되지요.
한 다발 꽃구름으로 피어나지요.

—「눈심지」 전문

『동심언어사전』에는 유비적 상상력이 풍부합니다. 계절의 순환을 그리며 인간의 삶도 함께 그리지요. 해와 달, 바다의 밀물과 썰물, 가뭄과 비, 구름의 시간, 그리고 그 안에서 살아가는 꽃, 나비, 동물 또 사람이 있지요. 일과 밥과 사랑과 아픔과 눈물이 버무려진 관계들이 있습니다. 이중 사람들이 많이 좋아하고 영감을 받곤 하는 '꽃'을 볼까요. 시인에게 꽃은 "지구의 불 가슴에서 핀 눈심지"입니다. 꽃에서 불내음이 난다니, 지금껏 생각하지 못했던 뜻밖의 표현에 잠시 멍해집니다. 아, 그럴 수 있구나, 까만 씨앗을 남기기 위해 꽃은 심지를 태우며 불내음을 피웠겠지요. 불내음이 다시 한 다발의 꽃구름으로 피어난다는 상상력은 꽃을 피우고 꽃이 되는 삶의 경이와 순환의 과정을 일깨웁니다. 우리가 태어나 죽음에 이르는 과정도 꽃의 생애와 다르지 않다고 생각하니 숙연하고 아름답습니다.

때로 언어에 다 담을 수도 없을 만큼 마음은 복잡합니다. 언어로 표현하지 않은 침묵이 더 큰 울림을 지닐 때도 있지요. 그럼에도 언어가 있어 우리는 알아가고 이해하고 사랑하면서 공동체를 이루어갈 수 있습니다. 재치와 지혜와 심성을 담고 있는 언어에 우리가 너무 무심했던 건 아닐까 되돌아봅니다.

세상을 아파하면
그 슬픔만큼 짐은 가벼워진다.

—「앉은뱅이저울」 부분

배움이란, 어깨너머 학교에서
마음을 모셔오는 거란다.

—「어깨너머」 부분

상처에 호— 둥근 입술을 갖다대는 입김은,

다시 가슴으로 들어가서 목숨이 된대요.
세상의 모든 설렘을 키우는 숨결이 된대요.

—「입김」 부분

사람이 머물다 간 마음자리엔
향기와 따스함만이
타래져 있어야 하지.

—「터무니」 부분

먹고 또 먹어도 되는 건, 마음뿐이다.

—「가는귀」 부분

굴뚝연기가
아름다운 이유는

누군가의
차가운 등짝을
덥히고 왔기 때문이지

—「굴뚝연기」 전문

상처가 세상을 보는 또다른 눈이란 거지.

—「까치눈」 부분

이 시집에서 삶의 지혜와 통찰에 관한 아포리즘을 만나는 것도 큰 기쁨입니다. 더 많이 보여줄 수 없어 아쉽지만, 몇몇 시행들만 읽어도 온기가 느껴지지요. 동심언어는 곧 사람의 마음입니다. 마음은 메아리의 울림처럼 서로가 서로에게 가닿으려는 교감의 신호이지요. 아프고 상처 나고 외로울 때 서로 얼굴을 마주하며 둥근 동심언어사전을 나눈다면 평온한 위로와 인간다운 향기가 퍼질 것 같습니다.

5

시집 속 많은 속담과 동화적 상상력과 구전 설화의 장면들은 우리에게 어떤 사람이 되어야 하는가를 묻고 있는 듯합니다. 그래서 『동심언어사전』에는 인간다움에 대한 시선과 지켜야 할 가치들이 가득합니다. 따듯한 손길로 언 손을 맞잡고, 훈훈한 목소리로 차갑고 뾰족한 것들을 녹이며 언제나 어루만지는 일이 아름다운 사람임을 많은 시편들은 노래합니다.

천리를 걸어온 발바닥에게
발등이 말합니다.

힘든 거 알아.
네가 힘들수록 내가 부어오르거든.

천리를 더 걸어가야 할 발바닥이
발등에게 말합니다.

믿었던 사람에게
발등이나 찍히지 마.
네가 찔리면 나도 아프거든.

—「발등」 부분

만나지 않았어도 마음이 아픈 건 우리가 연결되어 있기 때문일 거예요. 발바닥과 발등의 대화에는 측은한 사랑이 녹아 있지요. 동심은 본질에 닿으려는 응시이며 탐구이구나 싶습니다.「게거품」을 읽는 동안 누군가 거품 물듯 얘기하면 그 솟구치는 말과 울음소리를 잘 들어줘야겠다는 생각을 합니다. 맑게 닦아주는 책처럼 발등으로 오는 간절함(「책거리」)을 환하게 품어주고 싶고요. 아프고 파이고 모자란 곳에 약처럼 스미자고 노래하는「개똥장마」는 언어와 리듬이 맞춤하게 짜여 환한 꽃밭을 이룬 시예요. 거대 권력과 욕망이 대신할 수 없는 따듯한 눈빛과 손길인 '약손'들이 모일 때 이 세상은 살 만한 곳이 되겠지요. 쑥덕거리지 않고 쑥물들이지 않으며 열심히, 다르게, 여린 마음을 품고 쑥스럽게 살아가겠다는 '해쑥'의 다짐이 예쁘고 순합니다.

옹달샘은 작고 오목한 샘
옹달우물은 작고 오목하게 판 우물
옹달시루는 떡이나 쌀을 찌는 데 쓰는 작고 오목한 질그릇
옹달치는 옹달샘이나 옹달우물에 사는 작은 물고기

내 입술은 지느러미 반짝이는 옹달치
내 가슴은 식지 않는 옹달시루
내 보조개는 작은 옹달우물
내 머리는 생각이 샘솟는 옹달샘
내가 되고 싶은 것은 옹달사람

—「옹달샘」 전문

깊은 산속 맑고 맑은 옹달샘에 토끼가 물만 먹고 가거나, 달밤에 노루가 숨바꼭질 하다가 목마르면 달려와 얼른 먹고 가는 옹달샘이 우물과 그릇과 물고기의 친구였군요. 나의 보조개가 옹달우물이 되고, 가슴이 옹달시루가 되며, 입술과 머리가 옹달치와 옹달샘이 되어, 가슴 식지 않고 반짝이며 생각이 샘솟는 '옹달사람'이 되고 싶은 '꿈'으로의 변화 과정이 유쾌하고 기발합니다.

'참사람' '된사람' '늦깎이'도 시인이 바라는 사람입니다. 「참사람」을 읽다보면 읽는 이에게 스미고 그윽해져 같이 좋은 사람이 되어가는 기적을 선물할 것 같습니다.

난사람이 되려거든 못난 사람을
든사람이 되려거든 어리석은 사람을
된사람이 되려거든 못된 사람을
사랑하고 사랑하고 사랑하라
자기 자신이 못난 사람이라고 쥐어박고
자기 자신이 철부지라고 채찍질하고
자기 자신이 못된 사람이라고 입술 깨물며
사람 사이에 투명한 거울이 있다고
그 거울에서 늘 마주치는 코흘리개를 사랑하고
내가 또한 남을 비추는 금이 간 거울이므로
안간힘으로 버티며, 부서져 쏟아지지 않기를
날카로운 상처가 되지 않기를

—「참사람」 전문

참사람은 "다른 사람이 우러르기 전에/ 어느새 바닥으로 내려가서/ 붉게 피어나는 아라연꽃."(「큰사람」) 같은 '큰사람'이기도 하지요. 우리는 되고 싶은 사람, 닮고자 하는 대상을 언어에 새겨넣곤 합니다. 주술처럼 소망을 불어넣어 마법이 이루어지길 바라는 것처럼요. 뽀얗고 말간 그 소망을 우리의 마음 거울에 비추어보면 참 좋을 것 같습니다. 「손뜨개질」은 이루고 속삭이고 녹이고 노래하며 언제나 쓰다듬는 사람이 되라고 노래합니다. 추운 겨울 손과 목과 몸이 지낼 따듯한 집들을 들이고, 오늘이라는 시간을 의미 있게 뜨고 짜고 싶게 합니다.

"나는 어디에 뿌리를 두고 닻을 내릴까."(「개구리밥」) 어릴 적 작은 둠벙에 둥둥 떠 있는 무수히 많은 개구리밥을 보곤 했었는데, 시인의 물음을 듣고 생각해보니 개구리밥은 얼마나 닻을 내리고 싶었을까요. 문득 살아온 날들을 뒤돌아볼 때, 살고 있는 그리고 살아갈 날들에 이 질문은 얼마나 자주 찾아오게 될까요. 겨울밤 별들도 조용히 스스로에게 물을 것 같습니다. '나는 어디에 마음을 두고 빛을 내릴까.' 샘이 솟는 곳에 차가운 모래가 되어 바다로 흘러가겠다는 모래의 꿈(「진주알」)에서 시인의 고향 황새울을 떠올려봅니다. 물이 물로 이어져 언제나 한물이듯 마음은 마음으로 이어져 한마음, 온마음이 되겠지요. 시원의 언어들은 줄기를 이루고 강이 되어 마음들의 바다로 드넓게 흐르고 있습니다.

6

시인은 언어의 무늬와 결을 발견하고 새롭게 의미화하는 존재이지요. 시집은 시인의 마음집이기도 해서 시집을 읽는 것은 시인을 읽는 것과 같습니다. 따듯한 긍정, 여리고 순한 것들을 보듬는 손길과 타자에 대한 연민, 절망과 슬픔을 기쁨과 희망으로 옮겨가는 걸음, 어둡고 그늘진 곳에 유머와 웃음을 건네는 눈길, 그리고 무엇보다도 성실하고 진정성 있게 글쓰는 삶의 태도가 이정록 시인의 마음이고 『동심언어사전』입니다.

죽을 때까지 쓴다.

숨 끊긴 지 한참 지났는데,

기필코 벌떡,
깨어 일어나서 펜을 잡는다.

부스스,
유언을 퇴고하다가
다시 죽는다.

나머지 반은
언제든 돌아와 마저 고치겠다는 듯,

펜을 꼭 쥔 채,

검은 사색에 든다.

—「글쟁이」 전문

마음은 우리 모국어에게만 있는 소중한 말입니다. 추운 벗들을 모여들게 하는 둥그런 품입니다. 그래서 이정록 시인은 마음은 받아 안는 것, 모시는 것이라 말합니다. 더불어 평화와 살림은 시인이 꿈꾸는 아름다운 세상입니다. 삼십여 년의 세월 동안 언어에 깃든 마음과 생명의 가치를 시로 담아온 글쟁이 이정록의 시적 고갱이와 깊은 심성이 동심언어의 마음입니다. 혐오와 진정성 없음의 말들이 어지러운 이때에 영혼과 마음을 보듬는 마음은 깊고 절실한 울림으로 우리에게 다가옵니다. 한아름 기쁨 안에는 뒤척임과 기다림의 시간도 있었음을 잘 알고 있기에 시인이 쏟았을 열정과 시간에 다시금 감동하지 않을 수 없습니다.

열번째 시집에 녹아 있는 마음의 숨결과 온기를 함께 나누었으면 좋겠습니다. 처음부터 한 갈피씩 넘기며 읽어가도 좋고, 언제고 어디든 펼쳐 읽으며 잠시 쉬어가도 좋습니다. 책점을 보듯 마음이 이끄는 곳에 머무르며 오래도록 인생의 벗으로 사귀어도 좋겠습니다.

그래서, 지금은 『동심언어사전』을 읽을 시간입니다.

지은이 이정록

1964년 충남 홍성에서 출생하였으며, 1989년 대전일보 신춘문예에, 1993년 동아일보 신춘문예에 시가 당선되며 등단했다.
시집 『눈에 넣어도 아프지 않은 것들의 목록』『아버지학교』『어머니학교』『정말』『의자』와 산문집 『시인의 서랍』이 있으며 동화책 『대단한 단추들』『미술왕』, 동시집 『지구의 맛』『저 많이 컸죠』, 청소년 시집 『까짓것』, 그림책 『달팽이 학교』『똥방패』 등을 냈다.
박재삼문학상, 윤동주문학대상, 김달진문학상, 김수영문학상을 수상했다.

동심언어사전

1판 1쇄 2018년 3월 12일
1판 4쇄 2021년 8월 30일

지은이 | 이정록
책임편집 | 김영수 편집 | 강윤정 김봉곤 디자인 | 김이정 일러스트 | 박경연
마케팅 | 정민호 이숙재 우상욱 정경주 홍보 | 김희숙 함유지 김현지 이소정 이미희 박지원
제작 | 강신은 김동욱 임현식 제작처 | 영신사

펴낸곳 (주)문학동네 | 펴낸이 염현숙
출판등록 1993년 10월 22일 제406-2003-000045호
주소 10881 경기도 파주시 회동길 210
전자우편 editor@munhak.com | 대표전화 031) 955-8888 | 팩스 031) 955-8855
문의전화 031) 955-3578(마케팅) 031) 955-2679(편집)
문학동네카페 http://cafe.naver.com/mhdn
ISBN 978-89-546-5028-1 03810

• 이 도서의 국립중앙도서관 출판예정도서목록(CIP)은 서지정보유통지원시스템 홈페이지(http://seoji.nl.go.kr)와 국가자료공동목록시스템(http://www.nl.go.kr/kolisnet)에서 이용하실 수 있습니다. (CIP 제어번호 : 2018004414)

• 잘못된 책은 구입하신 서점에서 교환해드립니다. 기타 교환 문의: 031) 955-2661, 3580

www.munhak.com